U0933002

东课楼经变

费滢

上海文艺出版社

给陪伴我写作的人与建筑

推荐序

最好的时光

朱天心

费滢这本书，足足花了我一个月读完，包括当年已读过三遍的中篇《东课楼经变》。

是生冷干涩以至于难读慢读？正正相反的是，我像幼时偶得一好吃透了的棒棒糖，不舍得一口气吃完，每天吃一两口，停停想想回味，害怕终将面对它的最后一页。

这一个月，我回到所谓文学最好的时光，是唐诺描述过的“文学是人的生活基本事实”（很巧的，这本书的推荐序文初时是费滢交给我和唐诺负责，我们深感荣幸的礼貌客气的彼此推让一番，我最终被唐诺说服“不要让我一篇势必生冷艰涩的大块文字阻断了费滢那么好看的内文吧”）。

关于“文学是人的生活基本事实”，唐诺原文是，“今天，专业的问题不必文学回答，远方的新鲜事物不靠文学描绘递送，革命不须文学吹号，好听怡人的故事再不由文学来讲，甚至，人们已普遍不自文学里寻求生命建言，不再寄寓情感心志于文学作品之中，文学早已不是人的生活基本事实。”

是的，我生于、长于、老于那曾经的昨日世界，透过那些了不起的作家们（我不一一列名，深怕不慎遗漏掉任何一位），我认识世界，或该说，认识世界并不只于肉眼当下所见的那一个，如此，叫人比较愿意活些。

当初惊倒、迷倒一票台积电文学大赏评审们的《东课楼经变》是，《naga》*是，《朝天宫》是，是曾悠游于那最好的时光才可能有的作品，它天才洋溢、自在挥洒，却又再正经八百不过的讲着“人不中二枉少年”的天真之事，那巨大的反差所撑饱欲炸的张力好看极了，是我个人最喜欢的一种小说配方。是这样的，多年来，我阅读小说有一偏见，我喜欢“现实与虚构奇想成分比例配

---

* 即《佛说 naga 救疾》，在 2017 年印刻版中题为《naga》。——编者注，下同

方恰当”的小说，或该这么说，纯粹的奇想虚构乃至抽离于现实的平行世界是很难看的，而贴着现实如勾勒地平线的写实也叫人读着想尖叫“我没长眼睛不会看吗？要你来说！”

我喜欢那现实的地基打得好深、抓地力十足的奇想虚构，那样的角力于现实（无论落败或基于自尊不愿驯服的翩然返身离去）的飞翔离去之姿是动人的、可观的。

费滢具有我觉得最理想的小说配方，我不知她如何办到的，她年纪还小海盟一个月，却有双比我老灵魂的眼洞察世事，此刻在法国巴黎高等实践学院就读博士的她，花更多的时间在古物研究甚至买卖上，她是我们一个 LINE 群组的小老师（每一个年纪都比她大），每早她巴黎那里老市场买菜回家切洗上炉等吃时就与晚饭后亚洲的我们上古物课，如 po 一张如咖啡糖一样的玛瑙或天珠的历史地理或与她买卖的伊朗人和古物坑畔的一家子的故事。

二〇一四年夏，她照例返南京探亲前过境台北，且访友且看看不景气好久了的台北古物市场可又有珍稀释出，我们一群大人抓机会一起晚餐吃喝听她啥都聊的仿佛当年只要阿城来台北时一样（我和天文背地里都喊她小阿城），未料一个月后她返巴黎前再过境台北一停的八月中，她照眼见我才一个月不见却变个人，那之前数日，发生我的橘子猫被一群野狗咬死一事，我伤心惊狂到无法回神无法掉泪，费滢静静看着我，没来由的说起一两年前她在南京闻圈内人报信黑里赶至某一挖到六朝遗迹的工地，眼睁睁看着那怪手一爪一爪捣碎那些千百年来的文物，“天心，你睁眼看那些那样珍贵美好的物事就这样不能复返了。”

我当然知道她在讲橘子事，我没被她说服，但发狂了几天的人的心，平息下来。

一二年夏，我和唐诺应邀去上海世纪文景参加他们的出版社十年社庆（那也是至今为止我最后一次去大陆*），离沪前夕，费滢、君宁、志凌、常青、小熊席地于我们旅馆房间地板聊天不散，那夜是费滢与唐诺点评并相互印证法国近现代的哲学家们，最终她竟和唐诺不约而同最喜欢的是那六九年青年们口里“宁愿和萨特一起错，也不愿与阿隆一起对”的雷蒙·阿隆。告别时，

---

* 本文写于 2017 年。

两人击掌“再见面时约定要有新的可聊！”

不只可聊，每回见面，费滢且还帮我们望闻问切一番并建议药方，她家是世代中医，父亲费振钟是著名的作家评论家。

……

这些作品之外的线索，也许让我们有机会理解作品自身所呈现的绝非炫学炫技、但令人得慢读品索的丰富面貌，关于炫学炫技，“远方的新鲜事物”有撒哈拉沙漠和冰岛的脸友时刻讲述，“专业的问题”有谷歌百度大神可拜，“革命”有一长列的政治正确可依循，“生命的建言”有自成文类的鸡汤书和网红们不时似谶似诗之语可服用……所以我说的当然不是这款的“文学”。

如果，“现实即真理”，那么大多数不肯驯服于现实的作家们不是各以自身的能力、才分、道行和信念价值在写各自的经变变文吗？（汉传佛教中，以绘画形式通俗地表现深奥的佛教经典称为“经变”，用文字讲唱手法称为“变文”），而变文 / 经变正是费滢私下的兴趣和研究。

或许曾在大化的某一段时间、某一处（巴黎、南京、兴化老家、东课楼），费滢像一个敦煌的抄经人解经人修道人或放星人（费滢的句子“月亮旁飞个星星，我便是那个放星人”），了不起且天才洋溢的完成了她自己的经变文。

目录

东课楼经变

1,1

我在廖仲恺墓上方的某个树林里，事实上，我并不知道自己在哪里。我也不知道时间，只好取出背包夹层里的收音机。讯号微弱，我拽出天线，在几棵桦树与枫树（其实鬼晓得是什么树）旁边转来转去，最后，收音机闪着黄灯，显示快没电了。某个男声避过噪音，播出一段墓地广告，以此可推测，这是整点或半点，只有这两个时段电台会播出广告。到了夜晚，没有灯光，时钟，电视，时间就会果断抛弃我们，现在几点钟？黄灯灭了。我又拿出第二个收音机，调整到同一波段，背靠着一棵树坐下。那时，我超迷收音机的。

刚才没有电的那一只是十年前*（从现在数起）德生牌收音机的最新型号，外型简练，银色与黑色搭配，喇叭壳上的小孔呈水波状散播，这款短波一流。我一般将它安好摆放于书桌左边，听英文，我手指滑动，它纹丝不动接收到各类传教节目，标准女播音腔主持的福音广流传，一段中文，一段英文讲圣经。而现在这只，我爱

---

* 本文创作于 2013 年。

躲在棉被里使用它，听大众喜闻乐见的音乐台，夜里十一点我睡去，两点多又偶然醒来，心理解析，感情纠纷，不孕不育热线仍源源传送着听众缠夹不清的告白。我听着，直到，雪花噪音滋滋作响，再也收不到讯号了，方才重又睡去。

眼下，它正热播金曲。十年前的金曲，没什么好听的。背靠一棵树，背包放手边，水瓶早已喝空，我在廖仲恺墓上方的树林，或者只是我这么想，实际早已不晓得偏到什么方位去了。

平日里听收音机时那样遥远又亲热的感觉还在，我亦无慌张，不过按理说，几个小时前应当会碰到一票同学的。我膝盖处有一只无线电接收器，是为了找到藏在附近的电台，接收器无动静，无讯号。

我将收音机的声音调得好小，贴在耳边，像夜间躲在棉被里。是初秋，附近不晓得哪里有一株桂花，空气甜而冷，还有一种秋天特有的峭立的岩石气息。我闭上眼睛。金曲时间好漫长。

可明明昨天苗笛打给我，说无线电社团的老师一般都把电台藏在这附近。

“我打听过了，连续三年放在那墓旁，你先过去，假装接收到一段讯号，等同学们逐渐靠拢……唉唉，其实初学者都能找到电台，我知你找不到，没关系，你看到其他人便立刻也作寻觅状，然后，妈的，滴滴滴，就在那里，你再表现得好惊喜，哗，找到了——蒙混过关。”

苗笛是我打乒乓球的球友，我们还一起参加桥牌，高尔夫和马术兴趣小组。那一年学校不知怎么了，妄图将我们的课余时间统统占满，好让我们在一周的其他时间内精力全失吗？我们遂周末聚伙于食堂打桥牌，长桌子上坐两队共八个人，打完一局交叉更换牌友。日渐觉得好无趣，再去体育馆抢老爷爷的位置挥空杆，幻想自己能挥出老虎伍兹那种球（两年后，我仍可正确握杆，苗笛则偷出球杆，砸碎对面中学某个活闹鬼的脚骨，这皆是后话）。至于马术，我们共三十九个人去到市郊的马场，那马场仅有一匹瘦骨老马，鬃毛极长。漫漫上午，我们在干草堆旁，隔着马厩的栏杆轮流摸它的鬃毛，喂它吃笑眯眯牌玉米糖。直到二十岁，苗笛也没有真的坐上过马背，可他却能说出马匹鬃毛的触感，这成为他惯常使用的骗人桥段之一。

再之后呢，我们一起加入无线电社团。

因为我那时超迷收音机的。

1,2

周六傍晚的学校几乎没有人。我们碰到几个很屌的住校生，他们眯着眼，放松骨骼，拎着铁饭盒从我们眼前游过去。没办法，对这处所在，他们比我们懂得多。我们只是白天生存在这里的动物而已，一到晚上，大家就会纷飞离去。我经常想象一幅黑色退散的图景，黑色密度首先变小，变为灰黑，然后，颗粒变粗，白色显露，我们像装了定时器的敲鼓小人，沿各路疏散。

也有几个固执的黑点，在操场边逡巡或静止。傍晚学校好寂寞，周六傍晚则加倍寂寞，我在廖仲恺墓上方的树林还没有这般寂寞。我和苗笛停在大片红色塑料跑道的边缘，像两粒污迹，太阳变色，这一个含混时刻，茶水暮色笼罩在树梢上，学校的空旷之外为周末出门晃荡的热热闹闹人群，声音像开水沸腾，一开始动弹极小，一个气泡破裂，十几个气泡破裂，其后，逐渐鼓噪，顺由寥落操场的上空降落，直撞击入我们耳朵里。身边默立的杉树是三千年前便存有的物种，不晓得下个年限中，它们会不会变成包含着我们这两粒黑色的化石。我和苗笛在乱想此种种，想自己分层进入泥土岩石中，印在塑料的白线格上，与杉树一样，被巨大的时间演化分为一段一段可燃烧的碳。

我们都没说话。按照以往的习惯，这该是最自由的时刻，不过呢，也很有可能会碰到清洁工，除草工，校园巡警三位一体的阿麻。

由马场过江而归，一班破车开得七零八落，屡次把我们震得飞起来，而之前的其他三十七人像是突然消失一般，老马先前蹄跪下，然后缓缓卧倒，表示它好累，小朋友们一哄而散。切，只剩我等二人，苗笛在马厩前坐着，我继续剥糖纸，把糖块塞到马的方形门牙中，马的眼睛仍然像它在年少时，是光洁的茶色，也像一颗随时滑落的大露珠。我们把干草段折成各种形状，听老马把糖咯咯嚼碎，苗笛便讲：

还有没有一颗。

我剥好递给他，方形眼镜男孩总穿着中山装式样的校服，勒住他微胖的肚子，他把糖含在嘴巴里，在舌头间打转，也吃得咯咯作响。鬼知道我为什么要和他混一块儿玩。他本当也属于到了时间，就“啪”一下消失的木偶学生，十年也遇不到那种。可能是那天黄昏，我，他，阿麻三人在操场上玩捉鬼游戏的缘故吧。

阿麻时不时会在空旷的时间中闪现。比如我走在四楼长廊，闲极无聊，每经过一个教室，都脚踢铁门的时候，就会听见自一楼狂奔而上的脚步声，是了，就是他。我把脚步放轻，只用轻功中所谓的足弓反弹力走路，直直连下两层，一拧身躲入办公室左手的茶水间。几乎一周有三次这样的你捉我藏的把戏，阿麻知有人在，决计不会是住校生，可他就是逮不到我。我有终极遁逃法宝——女厕所。

而某个黄昏，我们终于在操场的环形跑道相遇了，又是千篇一律的暮气，空气里的失落（由于空旷造成的一种自然失落）冉冉从杉树顶上升起来，覆盖初升的月亮，使它变成一颗模糊果实。红色操场在白色和蓝色的光影间闪动，我与阿麻相隔四百米。他转头与我相对跑，我则果断转身和他同向跑，转身，转身，我们在白线上循环跑。除非体力枯竭，否则他永远没有逮到我的可能。几个月之后，我走进这城里更大的地下迷宫，才知道如此这般时间游戏还可以玩得更 high，更压榨精力直至一滴不剩。夜风像是从脚下升起的，我微微侧身，风从我裤脚里爬上去，鼓荡我心脏，阿麻一言不发跑在我身后。

我已听到阿麻在身后上气不接下气，而我骨骼叫嚣亦快到极限，肚子好饿。我八百米考核从没有及过格，每次都只跑半圈就懒懒开始走起来，这一次应是最佳水平。可是，就当我跑至操场边的某个缺口时候，苗笛出现了，他像是突然从一个梦境里走出来的男孩，不晓得是他自己的，还是我的梦境，总之是在梦顺利进行时的一个 bug，否则跑步的梦将一直延续，一直到当机。

苗笛脸上有种迷糊的表情，在那个表情出现时，我才将他当作朋友。总之，他站在缺口边，待我从他身旁跑过，一把拽住我的书包。

操。

我保持身子向前，要用力挣脱。苗笛则迷迷糊糊看着我，没醒来似的，他双脚纹丝不动，一手拉住操场栏杆，一手拽住我。阿麻越来越近了。我想到自己傍晚无影侠的身份即将被戳穿，我想到我练了十年的轻功居然被这么轻轻一捞就荡然无用，真是他妈的，又绝望又生气。我咬了咬牙，使用金蝉脱壳法，哗的从书包背带里滑出来，哈，解放了，我放开手脚，在夜风里跑个不亦乐乎。

阿麻眼见我脱走，遂呼喊苗笛一起追我，苗笛好似机器人接到讯号，抱着我的书包紧跟上来，阿麻也莫名追出去一段。跑啊跑，他们才想起来要围堵我。

一边堵一边大喊：

小杆子！你哪个班的，你书包要不要啦！

1,3

苗笛是傍晚学校的鬼魂，至放学辰光，学校大钟敲响将同学们敲成自动回家的牵线偶人，他却被催眠成为校鬼。我之所以这么讲他，是由于我自诩为隐身侠，我玩时间的捉迷藏游戏，我自以为别人瞧不见我，我便可以偷窃时间，自由自在浪费它，没认识苗笛前我并未有清醒的认识，只不过躲在某个角落时，听得同学如此谈论我：

“你们是不是又找不到小费了？”

“对，一下课就不晓得闪到哪里去了。”

“可是我知道方才还在的，这里有小费留下的两张包炸鸡腿的纸哎。”

“你怎么知道是她？”

那个言之凿凿的女生是我同桌，平时完全不鸟我，考物理时有意把选择题和填空题的答案漏给我看，却永远不给我看计算大题，我物理超级烂，不得不抄她的，结果前部分全对，后面一塌糊涂，老师一眼看出是作弊。我不怨恨她，仅仅觉得她和我不是一类人，说白了，不上路。我惊异于她如此了解我。

她扬起脸，貌似极为笃定的说道：

“就是她，只有她把纸团揉成这个形状。先撕成一条条的，再用手心窝成球。只有她这么变态的人会这么搞。”

不妙，我心中大呼，居然落下如此蛛丝马迹。接下来，我又听她讲：

“她一定还在附近，我们一走就会出来，她就爱在没人的时候乱逛，谁知道会不会遇见鬼。我知她没有朋友，她不和住校生玩，也不吃晚饭。”

我正躲在紫藤长廊边一株大灌木的树根空隙里面，看到这几个女生校服的裤子与她们的白球鞋，不免又得意又伤感。

看呐，这么近了，线索已经很近了，还是找不到我呢。甚至不知道我就在离她们不足一米远的地方，我可是连呼吸也不避讳的，这帮迟钝的家伙。

我下决心要让所有人皆忽视我，虽毕竟有一零星莫名的遗憾，但我觉得我能够克服这种不适当的感情。我并不怕遗憾，只想沉浸在之后的快乐中。等天空低斜（冬天时天空呈六十度低斜，夏天的角度只有冬天的一半），草地也相应从另外一个方向缓缓倾倒，我便可以躺在白天遍布人类足迹与气息的泥土之上，融入到白昼与黑夜浓重的那一笔交界线中。然后影子们都醒来，远方的喧闹将全然的安静补全，我假想语声鼎沸，人影幢幢的另外一世界。

这样，我方可自称为隐身大侠。这岂是我的同桌可以理解的呢？不过隐身大侠程序仍要捉虫，否则，否则我就暴露自己啦。

也正是经过思考后，我遂断定苗笛是鬼。我游荡是因我要躲避隐遁个快活。他呢，我便问各位看官一句：你们见过有目的的鬼嘛？（除了电影里面那种怨气十足的杀人女鬼之外。）苗笛百分百无意识漫游，他摘下眼镜，在科学馆与体育馆中间地带的校园死角乱荡，在小操场边的乒乓桌与我打球。

一个人都没，光线不足以让我们看见小球。

只听球滴滴滴滴在球桌上跳动，他摘下眼镜，我索性闭眼，黄色球划出一道弧线，来了一阵风，诸草倒伏，我漫无目的一挥拍，将球击回，苗笛看到我身后植物造就的波浪，飘然一笑。

球飞到不知道哪儿的夜色里，就是这样。

1,4

我和苗笛做朋友就像，就像是，一个程序如果遇到bug，就会总在这bug前绕不过去。我的隐身伎俩几乎能骗过所有人——白天时我会纹丝不动坐在教室里听课，夜里则跪在我家小房间的床边做功课读小说。我喜欢跪在床前，膝盖下面放枕头，自从我见到电视里演寄宿生每日睡前如此祈祷以后，我也这么干了。不过，我经常以手肘支撑上半身的重量，弯腰紧盯着书本上的小字，久而久之，我变驼背，顺而，我假想自己是一头细小骆驼，拥有别人不仔细看就看不出来的驼峰。

我能骗过所有人，我只在黄昏，在白天与黑夜之间的模糊时间隐身，带着驼峰。我把隐身秘诀虚拟书，偷窃来的没舍得花完的时间与我的所有记忆都存放在里面。每天去学校，我在驼峰上面再背一个书包，尽装着一些没用的课本与作业本什么的，要不是它能帮我掩饰我真正的储藏包，我早就丢掉它了。就像上次我被苗笛与阿麻围堵一样，关键时刻我会毫不犹豫将肢体摆脱出背带，运出脱壳功逃走，等众人打开书包试图要发掘出一星半点真实的本人，哼哼，他们会失望的。因为里面只会有与其他人一样的纸张，笔迹与油墨气息，我恰是那样无影无踪。噢，不对，在语文课本的第 112 页某练习题下面，我写了一行字，我须得擦去。

于是便了无痕迹也。

撞见过苗笛一次之后，我似乎屡屡被他抓住，我在科学馆六楼的废物箱里翻玻片，再用三十块买来的塑料显微镜又一次观察那个染成紫色的，在镜片下变得巨大的洋葱细胞。如果学校是硬硬的细胞壁，我们应该就是粘粘的，在液泡里摇摇摆摆，化做一堆，但碰到外界高浓度环境就会集体释出的细胞液。接着，我又找到一片，我缩小又放大显微倍数看了许久，视野里仍是只有模糊水渍。定格在玻璃片上之后，细胞已经死去了，现而又被污染，啧，我咂了一下嘴，然后便见到苗笛不知道从哪个拐角绕出来。

“喂。”

我转过头，不想鸟他。

谁知他略带嘲讽，挑动嘴角，盯着我的双眼：

“隐形人。”

我本想故弄玄虚一下子，可他立刻拆穿了我，我尴尬得很。

于是我只得回说：

“游荡鬼。”

他撇撇头，并未反驳，只不过饶有兴趣的站在我身后，看我在垃圾堆里翻找动植物的尸体。我不以为然，看就看吧，我心里盘算着另一件事：在这里，在学校这种大动植物园里面，却看到其他地方的生物的死亡景象，真是一件好奇怪的事。

1,5

踏进一个小巷子，然后再也出不来，就沿着窄路一直走，旁边是重复的矮房与小窗，在每扇窗前的人脸皆不同，每张脸皆和你打招呼，说各式各样无关紧要的话，这条窄路怎么也走不完，你看不到宽阔的景致，只被迫响应以无意义的对白，继续一直，一直向前走。或是推开气喘吁吁爬上科学馆最高一层，推开生物标本室的门，看由于使用过度而缺了一只翅膀的猫头鹰，看在铁架子上穿插得错落有致的花雀，麻雀，金翅雀，它们的眼珠早被玻璃取代，反射出你自己，你见门内还有门，遂隐身而入，还是一间标本室，无用的器官将六个架子排得满满的，你抬起左脚，走出纵深的第一步，却发现身边的罐子里即是一只人类小腿至脚掌的全副剥离神经，没了肌肉骨骼筋腱，它只是一张红色的纤细之网，像是脱离了地点，人，回忆的时间之网，美却脆弱。你觉得好孤单，向内部走去，想走到最后一排架子，却发现原本该放架子的地方放了一张玻璃柜，里面有一个九岁男孩，皮肤变成干枯的褐色，肌肉紧贴在骨骼上，嘴唇翘着，再也不能吐露任何话语，比任何一个你还孤单，你觉得他不再在乎寒热，他身体轻盈，也像摆脱思索的任何一个你。房间里面还有一扇门，推开原来里面什么都没有，哦，不是，它左边的墙角仍有一扇门，到此为止了，你知门后还是一个空房间吗？没有其他陈列了。然而你还在做梦，像在圆周操场沿白线打转，你梦见循环往复的场景不只是前两个，体力耗尽前是在爬楼，想爬到天台，可楼层一直往上往上，终于，楼梯终结了，天台之上亦无天空，只有灰色，封闭的巨大方形空间，它平直的顶与四个锐利角死死封锁你的视野。他妈的，无处隐形。

学校也像是封闭的迷宫。

可我总希望推开一扇门之后，是一个新奇的，无限延伸的世界。这种感觉是，我将会平白消失，然后又会从另个出口处显现。

我和苗笛说。他照常似听非听，然后打个哈欠，回答我：

“我知道，从学校死角草地边的矮墙翻出去，就是干河沿薇薇书屋的后门。”

如果死角草地也太过平庸，我只好寄希望于最复杂的东课楼了。死角草地是一片介乎科学馆，体育馆与教师宿舍的废弃空地，是学校另一伙游侠的礼拜场所，我傍晚抵达时，他们一般早已拍拍屁股走人了，只留下一地啤酒瓶，烟头，以及从强手棋盒子里掉落的塑料房子筹码。我们必须从教师宿舍后墙的破洞里钻过去才成，再按照原路返回，否则会猛然间到达薇薇书屋，我试过一次，我甫翻墙而过，额头便撞到书屋后窗的玻璃，砰一声，我站定，鼻尖与书屋老板的金鱼脸相距零点五厘米。

哪门子延伸的世界，亏好是我平平滑过去，不然便当场卡住无法动弹，心里好失望，像是又到了那个梦，一个无止尽却也无出口的梦里面。

1,6

我说，“我便是跑起来了。”

校园巡警阿麻继续穷追不舍继续问道：

“某日黄昏踢翻图书馆门口一株大米兰的是不是你？”

“上个月十七十八号翻入食堂一楼偷窃酸奶葡萄棒冰的是不是你？”

“前几天在桃李不言，下自成蹊的牌匾那里又刻一行桃李不言，爱吃烤鸡的是不是你？”

“那么昨天东课楼手工教室里四十台打印机最左边一台红蓝墨带都飞舞出来，是不是你干的，是不是你？”

我撇过头，只是答：“我，爱，跑，步。”

阿麻无法，将我扣留于他的那间小小办公室，苗笛仍帮我拿书包，站立在一侧。身穿藏青色中山装的男孩将领口扣得极严密，他比我高半个头，头发根根站立，他嘴角挂着一丝甜笑，迷糊表情消失了，他对我眨眨眼，我在这时候明白他知道我的一切，我早就被看穿了。

根据阿麻的口风，我心酸的想，学校里还有如我一般的隐身侠，可他们都没有读到我的讯号。

东课楼是最需要探究的场所。你知道我们的地图吗？待我细细勾勒之——走进校门左手即是东课楼，然后继续向前，始终要走在高大法国梧桐覆盖的林荫道噢，一百米后，是一间长方形平房，那叫做，小礼堂。接着，是钟楼，每个傍晚响彻全校的迷幻钟声便发自此地，钟楼对面是小操场，紫藤长廊，前面是小花园，长廊边又有一小片绿地，侧置一座凉亭，在那凉亭中，乃为马里亚纳海沟的缩略模型也，传言此处亦是历代校长之墓。就知你不信。

接下来，是大操场，图书馆，体育馆，死角，汇文楼，行知楼。

头晕吗？原谅我如你一般方位感奇差，我在这里游荡，可始终游荡得不明不白。要知道，搞清楚一处所在，清楚每一个细节之后，此处便失去它作为迷宫的意义，它便任由你安置记忆与词汇，就像变成一个储藏室，只有使用时才想到它，否则就任由它被旧电视，不会再穿的过时衣服，底部穿洞的锅子等等无关紧要的东西填满，真是可惜。

有东课楼存在，这所学校就永远不会变成储藏室。这么说，便知晓我们地图的重点在哪里了。

我从最底层的教室开始搜索，由右边老式楼梯拾级攀爬，这栋一百年前建立的巨楼乃是某个时期所有人的藏身之所，每个夹层皆至少可隐去十人，有时，教室中仍有一个小门，小门后竟是另一个楼梯，故而，目前没有任何游侠能够勾画东课楼全图，太复杂了，没有足够的时间一次走完，可是，倘若分次走，便会发现前次的记忆本不可靠。正确的记忆刻痕太短暂，错误的假想却极漫长，遗忘反显得过于轻易了。

1,7

一楼的教室几乎全部上了锁。而只有走廊的一侧有教室，另外一侧为斑驳的墙壁。教室门的上方是一扇田字格的小窗，有限的光线从田字的四个口处映在墙上，污迹与脱落的油漆倒像从远方藉由光摇曳而来的树影了。它们也刻在我脸上，我想，那会使得我的脸更显加生动惊奇，每次走进东课楼都是这种感觉，陌生，却又好似温习梦境。学校里肯定不只我一个好奇的人，这么说是由于，唯一的楼梯中间有一扇老旧木门，虽然傍晚时也会锁起来，但我们可以挪动第三块木板，由此挤进楼梯爬到二楼去，我发现木板越来越松动了。这楼到底有几层？我说不清楚，我站在外面数，一，二，三，四—— 一到四楼皆是老式的格子大窗，五楼呢，因为顶层屋檐倾斜，只有半窗。然而，每次爬楼梯，我总感到不止爬了五楼，甚至有一次，我打开某一个教室中的小门，眼前居然出现了半层旋转楼梯，阶梯仅仅我的脚掌那么宽，没有扶手，它攀着一根木柱转向另一扇锁着的矮小木门，像一个化石海螺的切面——陡峭，精巧，通往没有出口的顶端。似乎随手可以将它摘下来，放到我的记忆里面，就由得它什么作用都没有，仅一直复制，旋转于驼峰的某一个空房间，就叫做旋转楼梯房间，好不好？楼梯的木头太过陈旧，有几个台阶已失落不见，永远像RNA转录时缺了一小片，我再也找不到它，连那间教室我也寻不着了。

手工教室是二楼最靠南的一间，是我的坐标点，它是无法移动变迁的一处所在，因为“手工教室”字样的标牌将它牢牢固定住了。我们的打字课好无聊，红蓝两色分别打出两段英文文章，具体内容记不得了，总之，让人束手束脚很不过瘾。某一天，我先走进手工教室旁边的空房间，傍晚的红色光芒填满整个空间，悬铃木青翠枝条透过破窗户伸进来，除此之外，真是空无一物，然而，强烈对比度让人心跳加快，慌慌张张的。恰逢这节点，钟楼不晓得出了什么问题，居然又敲了一次晚钟，当当当，惊得我几乎跳起来。红光压迫呼吸，使我莫名焦躁，我抬脚将墙面一大片石灰皮扫下来，光秃秃的墙面上出现一只叠着翅膀的蝴蝶形状，树枝晃动，蝴蝶扑扇着笼住我。我只得一头钻进手工教室。

光线完全不一样了。东课楼同一层同一朝向的教室常出现光线完全不同的状况，这是大家都清楚知晓却从未想明白的谜团。还好，眼下这儿只是平淡的灰色，四十台打字机静静呆在桌子上面，好安逸。我在讲台里找到一张空白纸，随便塞入其中一台，鬼晓得为什么，我打下一行字母：

“aa aaaaa aaaaaa aaaa”

然后我就换成蓝色打一次，打字机发出轻微的哒哒声，一瞬间，我错以为在向远方传递密码。（在那个时候被苗笛看到了吗？）

我亦是在向和我一样的游侠传递讯号。哒，哒，哒。

想象这声音通过东课楼老旧的木质结构，传导，震颤，悄悄爬上秘密螺旋楼梯，替我走完每一个锁着的或者没锁的，可见的或者藏得好好的，积满灰尘的教室，而后，向空中扩散开，在空气里划出一圈圈水波。

突然，打字机卡住，讯号中断，我抽出它的墨带，又试图再塞回去，可它好似承载了太多信息与路途，当场瘫痪。

于是我逃走了。

1,8

仍是一个黄昏，苗笛带我参加游侠们的聚会，他说：“你放心，不会暴露身份的。”

我不置可否笑笑。

苗笛又曰：“我听说，有两个人曾经打开东课楼最底层的一间教室，发现讲台下面有块活动木板，掀开后是一条又长又黑，两边衬着雨布的通道。”

“这条通道到哪儿的？他们有没有走走看？”

“你自己问他们啦。”

我们从栏杆破碎处钻进校园死角时，已经有几个住校生在那儿了。杂草在傍晚前期的明亮黄色中显得好暖洋洋，肥大的穗压得车前子紧紧贴在泥土上，狗尾巴草，苜蓿草，还有高大的陆地蒲类植物快要布满整片空地。空地一角堆着淘汰的学生桌和一些建筑废料，那几个住校生就盘腿坐在垃圾边。他们正百无聊赖撕着草叶，见到苗笛，点点头算是打了招呼。

苗笛不说话，走近他们，同样盘腿坐下，我也学那样，将右脚放在左边膝盖上，双手撑着地面，直晃悠。某一人从烟盒里弹出一根烟，递给苗笛，这小子居然也接过烟，咬在嘴里，偏头，凑近那人嘴角的一粒火星，将烟点着了，随即猛吸一口，喷出一道直直的烟雾。那人也丢给我一根，我又弹回去，然后从书包侧面的口袋里拿出刚在学校后门买的炸鸡腿，大啃起来。我看这帮家伙只吸烟，不需要吃任何东西，也不用说话，好像仅凭烟雾的交缠便能交换心思似的，我心里想，妈的一群鸟人。

我再仔细看看，认出其中一个上身瘦长，头发干枯的男生是阿卜，我向他买过小白鼠。白鼠少年阿卜翘着嘴唇，好像总在生气似的。我凭这嘴唇就认出他来了，当然，还有那一头半黄不黑的头发，老师觉得他染了发，可他的确是天生这样的，大概是从不吃猪肉的缘故吧，他属于学校里的回回群体来着。某次在食堂里，我见另外一个男孩朝他碗里丢了一块炸猪排，两人便扭打起来，踢翻好多桌椅，大家都围上去，食堂顶上的大电扇正不耐烦的呜呜呜旋转着，人脸拥挤，我趁这机会又去喝了一碗只飘着一丝蛋花与一小片西红柿皮的免费汤。

阿卜卖白鼠，他在宿舍地下室的大木箱里养了几十只白鼠，白鼠繁衍几次，变成几百只，大木箱是个黑色世界，阿卜一星期清理一次，把粪便，尸体（白鼠经常相互撕咬吞噬），断尾，干枯草料与凝成一团团的木屑倒在死角疯长的草丛里。他将残肢断臂的白鼠随意放生于校园中，那些眼睛通红，毛色雪白，健全活泼的则洗干净装在彩色的塑料笼子里卖给女孩子们，女生们往往拎回家就被家长责骂一顿，赶紧连笼子一起丢掉，不要紧，反正最后这些生灵也会不知所终。

我脸上有些雀斑，头发微微卷起，发色很淡，阿卜以为我也是回回，所以没收我钱，他带我去看木箱。他掀开盖子，并没有想象中那么臭，有一团团生命白色在黑暗里涌动，是夜里的小片积雨云被路灯照射，又被风呼呼吹着跑的那种涌动。他从数十个彩色笼子里挑一个蓝色的，拎起一只较小的白鼠，塞在笼子里给我。

“喏，拿去玩吧。”

“你倒将它从近亲繁殖的怪圈里救出来了，我好厌恶近亲繁殖，妈的烦死了。”阿卜又补充道。

我把白鼠养在楼道里，看它变肥大。阿卜用卖白鼠的钱买烟抽，每一只赚五块钱，他一定卖了超级多的，因为他手指都变黄了。可是，他那木箱里的王国仍不增不减，繁殖速度赶上死亡与出售，他只能再寻找那些养宠物蛇的人。

这个瞬间，我差点指着他说：“我知道你！你是白鼠阿卜，你怎么会变成游侠？”

可暮色将起，仍没有一个人开口，阿卜像完全不认识我了，只和大家在愁眉苦脸的暮色里一起抽烟，我就不好问什么。这时，明亮温暖的色调渐褪，长草在晚风中劈啪碰撞，又有几个人到了。

似乎，大家都在等着个时刻，等隔壁居民街的煤炉生火，灰色烟雾越过低矮的围墙，这片荒地被染得更灰，随后，他们开啤酒，继续抽烟，玩强手棋，每个人又是建铁路又是盖房子的，将塑料筹码挪来挪去，一副小朋友进了麦当劳乐园里的那种神色。我什么都没说，超失望，我想，把花盆掀翻，偷窃雪糕什么的，真的很不酷。我看向苗笛，他仍那副似笑非笑的鸟样子，他把中山装领口解开，露出白衬衫，也扣得好严密，他帮阿卜点烟，又劈啪打开一瓶啤酒，递给另外一只住校生。

很快，他们都要喝醉了。喝醉了也没关系，无非是收拾好棋子和骰子，以及画格子步骤的游戏纸张（把“前进三步，进入机场”或“停留一周”的选项折好），就能马上回到脏兮兮，湿漉漉，又暖烘烘的男生宿舍里暴睡一觉。再不然，亦可趁高兴闯点祸，在学校墙上涂抹某人姓名，再拔一拔刚种的月季花。

苗笛对我挤挤眼睛，对我讲：

“嘿，他们像不像黑箱子里的白老鼠？”

1,91

一到中午我就精力全失，学校到处是吃完午饭乱荡的同学，日光大盛中，苗笛亦只是一个普通略胖的男孩而已。我们曾控制不住睡意一般，闭眼由食堂走到科学馆，想要赶快偷偷溜进一楼的阶梯礼堂里面大睡一场。那个礼堂只有年级聚会时方使用，平日里空无一人，我们从气窗进去。礼堂座椅包了厚厚的垫子，地上铺了地毯，造就一片软绵绵的消音空间。我会睡在倒数第六排右边的地上，任由层层叠叠三百多张椅子遮住我。真是好安全惬意的午觉，仿佛漂浮起来，仰面即看见绘于礼堂天花板上的中国地图，我与出海口的位置遥遥相对。科学一楼有一个天井，散落着几株随意种下的月季和一棵纪念枫树。枫树是日本熊本某学校与我校交流时，由两位校长亲手种下，故而，一般称其为熊本枫树。不晓得它在那儿有几年了，反正是瘦瘦弱弱的样子，待到秋天它的叶子变红，便会有女生摘下几片，夹在英文字典里，当作书签。一楼大厅两侧挂着十张荣誉校友的油画像，尽是一些枯槁的老头，皱纹超多，油彩一层层敷在他们脸上，制造出莫名阴森的光影效果（其实他们都活着，而且都是院士呢）。我们悄然掠过这十幅遗像（今天不是，某一天也会是）环绕的冰凉走廊，直达小天井，再于枫树处拐弯，便看见气窗了。

一个吃饱了的午休时间，夏季烈日下，我与苗笛由于困倦直直在走。我眯着眼，由我身边经过的人全部变为移动且发出一些无意义声波的色块。科学馆除了那十位院士，当真一个人都没，我找到入海口便随即躺下。地图上大片蓝色闪耀，像一片蓝色星海。苗笛躺在我不远处，他只剩傍晚的一半狡黠。

我们刚默默卧倒，却听见又有两个人走进礼堂。

原来这一处不只是属于我等两只孤独游魂。

想象礼堂是一个扇形，我们在靠后的位置，恰如深海贝壳边缘褶皱处附着的寄生生物，披着海水里面经过漫长时间积累于贝壳上面的钙质，像死亡一般一动不动，噢也不全是，偶尔，也稍许转动目光。而后，海浪袭来，我从来没有见过如此纯白，坚固，但同时又吊诡的柔软肓目如同虫豸一般的身体，他们紧紧贴在一块儿，看起来完全静止，然而又非常缓慢的移动着——三个呼吸的时间才移动了一厘米，他们便以这样的方式变幻形状，似乎周围尤是这个世界之外的茫茫夜空。而他们自己，像云层里的月亮，一会儿泄露出极为明亮的光，一会儿又被脏的云遮蔽侵染成极为晦涩的一团。

我们继续以海生物的静默姿态，于被打断的困倦中缓缓对看，我看到，三排椅子后面苗笛的眼仁，闪动着黑色柔和的水光。接着，我们又闭上眼，在正午睡去。

1,92

“手工教室里面也有一扇小门？”我问。

“好像是。”苗笛迟疑了一下说，“如果由楼梯开始数，手工教室是第七间，往往单数教室里面会有小门的。”

这倒是我没有观察到的细节。我从乒乓球桌上跳将下来，追问道：“你知道这些小门都通往哪里？”

“如果使用空间排除法……”苗笛正色曰，“我们测量每间教室的宽度与走廊宽度，哦，还有墙壁厚度，这样可以计算出小门之后仍有大概宽一米到一米五的空间，大概是夹层什么的。我们得留白零点五米，因为夹层之中仍有通道，我曾由一个小门进去，看到地板中间有一个黑色的洞，一不小心就要跨进去，险死了。”

“那你能不能画一个假想的结构图呢？”

“我只知道一楼与三楼仅有走廊一侧有教室，二楼是两侧都有，从一楼到二楼，有一个主楼梯，但二楼上去，该是每层有两个主楼梯。”

“你上到过四五楼没有。”我继续问他。

苗笛沉思片刻，“东课楼有六层耶。”

又是毫无头绪，我重新爬回乒乓球桌，仰面瞪着头顶的辛夷树与广玉兰树，层层叠叠，天空在树叶的缝隙里招摇，有风。

我突然想，东课楼的结构会不会像如此随机重叠的树叶呢？然后我又一个人眯眯笑，觉得好傻，于是我久久不再开口了。苗笛躺在旁边的乒乓球桌上，跷起腿，这天下午下过雨了，球桌湿漉漉的，弄得我们的后背有点湿。

好生感伤。我沉浸在这种无谓又无识的情绪里足足十分钟。

“咦，你是怎么知道东课楼有六层的？”我一下子坐直了。

“阿卜说的。”

阿卜的残疾白鼠在校园各处生存下来，与此地原住灰老鼠打架，居然也成功划分地盘。它们占据东课楼，有时候我们在上手工课，正制作圣诞老人音乐卡或者那种一按就发出刺耳声音的简易门铃时，它们就从我们头顶飞驰而过。白老鼠比灰老鼠体积小，它们的脚步很轻，你听过便知道，那有点像，有点像，夏天的阵雨落在自行车棚顶的声音，忽然哗啦啦来一大群，又瞬间走了。

“阿卜讲，他的残疾白鼠生了一群好看孩子，脚趾一个不少，也没有断尾的，毛色闪闪发亮，眼睛纯红无翳，尾巴光溜溜，像一截橡皮筋，这些小老鼠在东课楼的各个夹层里面周游兜转，然后越过两个草地，绕过图书馆，躲过灰老鼠的伏击，跑到男生宿舍地下室，去探望包围在破运动裤，脏脸盆与瘪篮球之间那木箱黑世界中的近亲祖父母兼兄长妹妹爸妈……哈哈，还要和阿卜本人说悄悄话，告诉他东课楼有六层，哈哈哈。”苗笛盘腿坐直，放肆大笑。

我耸耸肩表示无所谓他在胡扯，只因为我觉得他的面容在那个时刻有点阴郁的孤独了，我看过他逗弄阿卜的白鼠，却被咬得手指流血，我也不会嘲笑他，他只是和我一样，爱在奇特的时间同时幻想另一个时间的迷宫罢了。

1,93

我倒是生出一个奇怪的想法，其实这想法并不是突然出现的。某年我去旅行第一次见到自动贩卖机，只要投入硬币，机器下面的出口便咕咚咚滚出一罐饮料。我寻思一个作弊的方式，即用鱼线在硬币上打一个十字扣，待它掉入机器内部，触动某个机关，再拉它出来，重复数次，机器其实什么都没吃到，却一直在滚出饮料，直至全空。现在呢，我是不是可以在白鼠身上绑上棉线，就像米诺斯迷宫出逃计划一样，顺着那根棉线，便可找到蛛丝马迹，可锁着的门是这空想的最大阻碍。我们在门外，手持一个巨大的线团，白鼠沿走廊奔走，钻进空教室，将棉线缠绕于积满灰尘的桌腿凳脚，棉线飕飕放出，只因白鼠仍持续乱走，它闪入门缝，跑上旋转楼梯，落入一个垂直的空间，哗，棉线奔出一大截。最后，白鼠在夹层，天花板，水管里奔逃，线终于到了尽头，白鼠仍意图向前，或是正悬空于半空挣扎，我们的指尖感觉到轻微的震颤与拉力，拉也拉不动，收也收不回的。我闭上眼，猜想一个复杂的空间图案，像小时候玩的红绳游戏，勾在手指上红绳在变幻数次之后即固定，必须垂下手指，放弃这游戏。而我们与东课楼结构之谜便相隔一个线团的猜想之距，永远不对等。这必然是一个奇形怪状的蛛网结构，是“我”与“另个世界”之间的随机关系图，拆开无用，到头来只得一根棉线，距离亦不准确，搞不好它牵绊于所有杂物，只到达楼上的某个空房间而已，可它如此分明确定我与那个世界的位置，我不能移动，那世界也不曾移动，我和它，永远被一张想象之网固定于锁着的门内外，一根线的两端。

1,94

汇文楼三楼初三七班的教室，养蛇陆元坐在课桌上面，双腿好长，快要接近地面了，他有一缕头发紧紧贴在青白色额头上，其他的则顺从伏在耳边，让他看起来有些恍惚。苗笛进门，拍拍他的肩膀，他的身体略微闪躲，却没有不快的样子。

苗笛说：“阿卜让我找你。”

陆元微微一笑，哦了一声。

“你的蛇呢？”

长脚男孩跃下课桌，从教室最后的杂物架后面掏出一只巨大的烧瓶，一条粗短的花蛇正将头靠在烧瓶的出口处。

“它这周还没吃饭。”

教室空落落的，同学都走光了，不过并不是只有这样，陆元才会取出他的蛇，平时他都会大方拿给大家看，这其实是一条观光蛇。

“付我一块钱，你可以和它合影呢。”

蛇是在科学馆天井的草丛里捉到的（为什么那里会有蛇，不得而知，大概是蛇比较爱凉飕飕的十院士像吧），从此它便被陆元放在这个四十厘米高，三十厘米直径的大烧瓶里面。我曾在学校游艺会时，看到陆元把蛇带到操场，他把烧瓶往草地上面一搁，旋而脱了校服外套，自己坐在旁边，校服搭在腿上，闲闲的笑。女生们看到了会乱叫一阵，“哗”的散开，不过，隔了几分钟以后，她们也就好奇靠近去瞧，男生嘴里说，什么破蛇，一边还是一边掏一块钱或者四张画片给陆元，将脸贴在玻璃上与蛇合影，我也拍过一张，两包小浣熊干脆面的价格，妈的反光太强，照片洗出来以后，只有我脸上挂着一抹痴笑，抱了个大罐子，大罐子里隐隐绰绰，什么都瞧不出。

我故作轻松打起招呼，“hi，陆元。”

陆元不鸟我，却打开烧瓶盖子，拽出蛇，绕在自己手臂上。蛇太短，只围着他细瘦的胳膊走了三圈。它无精打采垂着头，两秒钟才吐一次信子。

“病了吧。”苗笛伸出手一下一下戳蛇头。蛇一出来，空气里面就有种淡淡的，凉凉的咸腥气，好像是竹席透了水，又好像是下了雨以后老木头课桌抽屉里面的味道。

陆元手臂避开，我又从书包里掏出两包小浣熊，换得蛇在我肩膀上趴一会儿。这是条黑黄灰三色蛇，一看就无毒，蛇头圆圆的，我感觉到细微的鳞片与校服化纤面料的摩擦，嘶嘶嘶，我忍不住又笑。

“五分钟到了。”

养蛇男孩伸手把宠物拿回去。

苗笛撇撇嘴巴，舌头抵住牙缝，发出了个好响亮的“啧”，然后他开口讲：

“被人看太多次了，精神都被看没啦，陆元你的蛇快死了，和卫玠一样，被看杀。”（我们的语文课刚学到这一段）

陆元曰：

“少来，你们看它时，它才不会睁眼看你们。上周它吃了一个阿卜的超级大白鼠，现在还在消化。”

我仔细打量蛇身，看不出老鼠的形状。陆元一口咬定蛇一副不好受的样子是半截老鼠尾巴卡在喉咙里的缘故。我们三个人又将蛇放在课桌上，蛇瘫了一会儿，又慢慢游动起来，它在课桌上的动作太明显，我们看到它腹部用力，头昂起，一拧身过了半桌，“嘶”，大家倒吸凉气。

陆元忙又把蛇捞起来，放回玻璃烧瓶：

“看它还会游就还好。”

苗笛回说：“不然把蛇嘴打开，蛇牙撬开，把鼠尾拽出来？”

陆元小心把瓶子放回去，再曰：“不存在这个办法，鼠尾好难消化，过几天就好了。”

苗笛又一笑，谈够了似的，突然逼到陆元身前，龇牙说：

“既然这样就算了，给我二十五块钱，不然晚一点把你的蛇连半截老鼠一起搞成药酒，好不好。”

陆元乖乖打开书包，苗笛邪恶恶和他讲：

“我们要去江心洲鬼市。”

陆元抬起头，眼神软绵绵。我这才发现他的眼睛带一点黄色，玻璃珠一样，空空的，像是标本室金翅雀的玻璃假眼。只见他打开一个极大的书包，里面是无数的弹子，画片，香烟壳，无花果丝，十几包小浣熊干脆面，堪比校门口小摊那么齐全的酸梅粉里的小人儿，以及扎得好好的一沓一沓一块钱纸币和用透明胶粘在一起的十个十个的一块钱硬币，还有，好多好多我们会玩儿的各种小东西。我突然有点厌烦，比玻璃罐里的蛇还要疲倦。

1,95

出校门正门，对面是人民中学，金翠楼潮州菜馆，中山大厦，中山路，向左拐去，上广州路，是小粉桥，铁皮屋，前国立央大，学人旧书店，回回清真大盘鸡餐厅绝对不卖啤酒。学校平行是干河沿，直通上海路，再接着是随家仓精神病院，噢不，我们称其为“脑科医院”。每条路不怕有枝蔓，太过清楚，几条结界设置，限定了我等的活动范围与情节，实在乏善可陈，无非人民中学打群架，小粉桥吃鸭血粉，干河沿薇薇书屋借言情小说尔尔。卖鸟货郎陈择偶然出现，他左肩一个担子，零零碎碎卖钥匙圈，小手电，塑料皮钱包（里面八成夹一张明星正脸艳照），以及，不求人，鞋拔子，挖耳勺指甲刀双件套；右肩是一组笼子，笼子里总是一团灰扑扑的秀眼，刚剪了翅膀的画眉或八哥什么的。总之，我们从没见到他卖出过什么，仅仅有一年，他不卖鸟了，蹲点在学校门口卖一担子小白兔，生意超好，成了白鼠阿卜的最大竞争对手。

往往我看见陈择，就会停下来说几句话，然后蹲着将他笼子里面的动物们仔细挨个儿端详，随即头也不回走入过分清晰的地图里面去。

中山路，广州路，青岛路，汉口西路，宁海路，西康路。妈的，中山路买烧鸡，广州路吃棒冰，宁海路打游戏，西康路听 CD，从此好无聊，只得晃回去。

周六凌晨两点半，我与苗笛沿中山路走，这当口，这城市地界，或许刚刚入眠，只有金翠潮州菜馆的霓虹灯闪个不停，有几个字掉了，变成翠洲菜馆。路灯发出滋滋电流声，耀出茶黄光线。我们偶遇卖鸟货郎陈择，他肩挑一组困倦的鸟，摇摇晃晃迎面走过来，我们正要打招呼，他便无声比划：

“嘘，它们都睡了。”

鸟们将头躲藏于翅膀中，躲避这孤单夜光。我打了个极大的哈欠，掏出两块钱，买了他另一肩上挂着的一个西洋景小盒子，就是那种你把眼睛对准上面的小孔，按下劣质塑料按钮，就会啪一声，看到一幅画儿，然后再单击，又是另一幅的无聊玩具。光线太暗，不想立刻玩，我将它放在裤子的口袋里。

货郎在找一处安全所在，停将下来，盖一块塑料皮在鸟笼上，而后，把两副担子放在脚头，翻一翻明星艳照，方可安睡。

我们与之道别，中山路黑又长，可仍有夜间行路人与我们一伙，另有黑巴士火速到江边。这种夜里，作为看守人的爸妈也入梦了，等他们醒来，一定也以为我们清晨出门去学校食堂打桥牌去也，谁会晓得，我们趁夜风潜走出结界，继无数傍晚之后，又一次偷时换日呢？

1,96

路灯的闪耀黄光连成一片，深夜马路空空荡荡，如果前方有人，无论他是同向一道走，或面对面相向走，都像不知道从哪里冒出来的。听见脚步劈劈啪啪，是自己双脚拖着步子前行，我喜欢在学校里这么走，无论谁与我擦肩过，那一秒半秒的时间差，都供我得以分辨出那人是谁，我在凉亭小径，操场白线，教室走廊处点坐标：十二点差十分是连续三周皆出现的 A。一点二十，下午课快开始了，一定是陆元带蛇由男厕所旁边的自行车棚里走出来，他通常中午会去前中央大学钟楼前的草坪上溜蛇，还有，有 BCDEF，每刻时间皆有一个特定的人标记地点。我是唯一慢速的那一位，每次都比前一次更慢一秒，嘿，他们被延缓蒙蔽，认不出我！我是容易洗去的污点。而这次走夜间马路真是如梦如幻，幻的是还依稀听到白日里的车流呼啸；梦呢，梦在持续——路灯照不到的黑暗里的千篇一律的孤寂拥挤，将夜光燃成更黑的灰烟。疲倦的清洁工与醉酒的人，流浪货郎同埋夜班人，皆自四面的灰烟里侧身而出，尤带着暗影与灰。人影越来越多，足以组成另外一个城市了。然而，夜晚融掉话语鼎沸，路灯下是深蓝的静默人身，他们与我和苗笛此等逃家游侠，并排走，或者撞见，肩膀撞肩膀，脚踝撞脚踝的，面庞看不见，摇晃而过。我认得他们，他们亦勉强睁大困眼：

“啊哈，是哪里偷跑出来的你们，是和我们一样在走的你们啊！”

直走到联机渡船码头。

闸门缓缓上升，各色人等即跳上岸，天仍黑着，凌晨四点半，我被睡眠侵袭，现实与梦境一旦混淆便不会再分开。梦被打开一个缺口，也像渡轮从意识的岛开回来，吐出无数乱七八糟繁杂细节。天快亮了，夜的效力已失去。这么许多的人从已快丢失意识的我身边经过，甚至也不侧眼瞧上一眼，好似我本不存在。先是卖菜的，有些挑担子，有些骑三轮车，蜂拥上岸；其次是一批骑摩托车电动三轮车的，碰碰擦擦的也过来了；最后，居然还有一辆面包车，隐约看到面包车里坐着几个赤膊大汉，当司机的打方向盘，驾驶座旁边的那一个刺青手臂搭在窗口，微闭着双眼，头靠着座椅，后排的两只索性睡过去，胳膊大腿横七竖八伸了一车。面包车开过，刺青手臂将将擦过我的手臂，他们却连眉毛也没抬。

倾倒完毕，渡船打起铃，告诉我们可以登船了。

去江心岛屿的这一途反倒没什么人，上层船舱里一股长期积累的尿骚与汗水味道，我下到甲板上，看江面一片朦胧，很久以后，我想到此事，都会有所疑问，这真的不是一个梦，或者干脆是我臆造出的景象吗？我真的有刷牙后只缓缓将泡沫吐在水池里吗？（因为吐太快会有“啪”一声水响）。还有我提早将纸钞与钥匙放在衣服口袋里，随后我脱下拖鞋，光脚移动到家门口，手臂用力控制大门闭合的速度直至它关上，那轻微一声弹簧锁的机关声……呐，我跑出来，奔袭几个小时好长一段到江边的距离，走得双脚都不似自己的。江边的船，和码头在凌晨的似灰还黑的雾里摇摆，我这样，走去入江，只为了在黑市上找一台二十年前走私入境的红蓝英文打字机，这是真的吗？

渡轮在江中劈出白浪与许多泡沫，载我们上下颠簸，苗笛靠栏杆坐下，收拢腿，双手抱住膝盖，水汽中，西面是快要沉没入江的月亮，东面是被细云罩住的白日，它们在一处并行线上，线上可见的只有孤零零三个点，乃为陆地之城，船，还有岛。月亮和太阳真像，以致我分不清它们了。

1,97

城里总有这样的市场，只是近来不多见了。以前那个在朝天宫与止马营之间，我们大可不必如此奔袭。凌晨四五点，天光完全亮起之前，数百块塑料布展开，林林总总，卖那些平日里面你能想到用到的玩意儿，也卖完全超出想象的对象。此个场地出奇安静，心中有价格，无需多声张，几个眼神手势即成交，你勿伸头看，别人做买卖与你何干呢?

我听见过住校生说去找他才骑了两礼拜便不知所踪的脚踏车，妈的，刚买的变速车，通体嫩黄蓝色撞色，坐垫是那种小小的，骑起来要脱离坐垫，站起来，屁股超高摇摆，要多骚包有多骚包。众人哄笑讲你就是爱卖骚，你一定爱吃烧卖，因为吃完烧卖去卖骚嘛。那住校生讲去死吧你，还没骚多久，把车停在中山大厦边的KFC买冰淇淋给妹子吃，出来便发现连车带锁飞走了，被妹子笑你是有多矬。他遂去寻那车，也如一般我们过江，走到市场最东边，那一片好几百几千辆车，八十年代的二八大杠到粉蓝粉红的少女折叠款，叫他哪里去寻，那太壮观。

再有我同桌昏眯眯买小人书，水浒传最老的错版，极具收藏价值，卖家用塑料皮仔细包好每一本，再确切指给她年代，一套书花掉一岁的压岁钱，奇是奇得很，带到学校给我们看过，中间插图宋江林冲李逵柴进孙二娘的五官当真都错了，是毕加索杰作那种错，宋江眼睛飞到柴进的小旋风里面，林冲嘴巴贴到山神庙门口，人影皆两重，恐怖水浒。

更有家中老父在路灯还燃着的时候就灯看中的一方

古玉璧，年纪不详，价格不提也罢，古玉前有谷纹，后有龙纹，红艳艳说是埋太久，铁元素侵入原来白玉质的缘故，要贴身戴，那红色仍会漫开，一丝一丝好看死了。老父在市场西方一百尺处一老头那儿购得此物，老头还有商代饮酒青铜大盅，迷你汉代白玉编钟，乾隆款粉彩描金过墙飞燕四只茶杯连茶壶一整套，老父买得，赶忙直飞回家，将那玉璧捂在胸口，要用胸口那一股子热气将红沁化开，直化了两个月，果然开了。前脚化开，后脚来一个博物馆的朋友，曰那是化学染色，你在水里泡泡，化得更快。

便不一一表述了。

1,98

凌晨五点，小雨。我与苗笛走在大大小小杂物山里面。此处决计不会是每日生活按照原来位置照搬的复制版。物品喧闹重组，反倒编织出某种乡愁。平日里的所见似乎皆已经过目光极复杂却又自然的简化提纯，变成大脑所熟习适应的景象，而这里摆放，堆积的，反倒是日常废置，是常常被我们遗忘掉的细节垃圾，真乃是一处伤感所在，尤其当我看到，我再也不会使用的那种巨大的收音机，或者线路暴露的耳机，还有已断头，不可能继续描绘任何笔画的钢笔，印有过气明星画像的五年前的挂历，缺了一腿的眼镜，连同那一片自行车海洋，这些被目光流失，被时间恣意窃取的记忆。

我默不作声走着。苗笛则怀揣一百五十块钱（包括阿卜友情赞助的三十元和从陆元那儿敲来的二十五元），看向一群塑料模特，一个年轻人满脸困容蹲在那里。我们突然起了坏心思，先是蹲下来详视模特的头颅，模特也分男女，男模特短发，女模特长发，看不出长相特征，有几个的蓝眼睛掉了颜色。未必在购买衣物时注意这些假人对不对，但当他们成堆在一起，四肢不全的，手臂大腿都滑在泥地里，会不会让你忍不住与之对视？我和苗笛变成在沙堆里玩得不亦乐乎的小孩，先试图将模特的四肢连上身体，拧紧螺丝，拼装许久，发现仍多出一只手一条腿，我们遂一人持手，一人持脚，乒乓对打。年轻人皱着眉，点燃烟，看我们做游戏，又漫无目的看向其他人。许久，他才讲，好了好了。

这一场坐船出游的目的是什么？我暂且忘记了。

也好似到了那孤岛型的东课楼，在各个充满物品或几乎为空白的空间里面逡巡，不晓得会看到什么。一个午后，体育课，我幸运的上到三楼（从一扇破碎的小门进去的），走廊长而暗，唯有一侧教室木门上方的玻璃投射而下的一柱一柱的矩形光线，我偷偷走到倒数第二间教室（只有那一间没有锁），我知道外面夏季的嘹亮炽烈，然而，教室中一片柔和光晕。我像小偷一样拉开废弃讲台的抽屉，发现两本作业本，作业本的封面是十年前印刷的本校钟楼图片，泛黄，翻开，里面的墨水字迹已然挥发，只剩原子笔画的一道道红勾红叉，以及，每隔几页依次渐进的日期，十月十号，十月十二号，到十二月二十六号便戛然而止了。作业本的主人名叫徐良。

我又拉开下面的柜子。作为校园隐身侠，我须得时刻留心各类蛛丝马迹才是，否则怎么能够拼出一幅立体旋转全图呢？我在柜子一角找到一小坨灰尘，几根不晓得谁的头发，数张偷偷塞进去的揉成一团的草稿纸（这是考试专用草稿纸，与学校自己印刷厂的油印试卷是同一种纸），然后，有了，在最角落处，我发现几支上了蜡的长长的艳丽尾羽。

我将尾羽夹在 A4 纸大小的物理练习册里面，它们顺着光线流转忽红忽绿，超好看，我本打算将其当作这次冒险的战利品永久收藏，可是想到自己拼图的重大责任，犹豫再三，还是去到科学馆生物标本室。

第一排玻璃门橱子最顶端是拿给初一学生观赏的一只雉鸡（俗名野鸡）标本，嗯，我不知道现在那群小朋友还有没有机会看到它。它每年都有个新名字，一开始叫阿花，之后唤作阿野，然后呐，到了我那一年呢，便被叫秃尾了。搞成这样，据说，是由于每一届都有学生偷偷拔它的尾羽，偷去剪成两截做毽子，借野鸡法力让毽子飞更高。

到了我这一年，大家都讲曰：

“哗，原来是野鸡噢，还以为是珠鸡标本呢。”

这就是它身体的一部分了，哪怕它早就死了，并且是一只超老年纪的标本。我将尾羽用502胶水一根一根粘在秃尾君身上，我看到它又好像是被两根羽箭射中屁股的野鸡，遂忍不住笑了。这是我第一次主动去补全那个巨大的，多层化石一样的学校。

几乎每走过几个摊位便能看到一个打字机。不晓得什么地方会需要这样的英文打字机，价格由一百元到三百元不等。打字机自成一体，是个手提箱的样貌，一打开，五排弹力按键，后面是好漂亮一个孔雀形状，是按键连至墨带的机簧。

“这个产自哪里？”

“美国。”

哦，我们转到一处，发现脚边是一个与学校那种差不多大小的银灰打字机，在它的旁边依次是一个订书机，一把黑色的雨伞，一支破旧的钢笔，一本八十年代出版的牛津英文字典，还有一把口琴，一盒已经生了锈的图钉。我们打开打字机的盖子，发现它还是三色墨带呢，能打出红，蓝，黑三种字母。卖主是中年人，坐着穿雨衣，小板凳藏在下摆，他将雨衣的帽檐压下，略带不耐烦：

“你们买打印机，我把字典送给你们。”

“但我们有好多字典。”

“那就把雨伞拿去。”

“可伞柄断了也。”

“图钉呢。”

“不要。”

我突然发觉这摊子上所有物品都像属于同一个人，

看起来真的能够顺理成章拼凑出一段生活习性。然而，我又痴笑，怎可能这般想当然耳，只凭物品去想象一个人的时日？

所以我们只买了打字机，一百四十五元，然后拿走了那支口琴。

1,99

周六傍晚的学校几乎没人。傍晚的学校好寂寞，周六则加倍寂寞。打桥牌的同学牌友早就在中午前回家去了，事实上，谁也不会留心到我们缺席。几个住校生放松骨骼，拎着铁饭盒，从我们身边游过。他们表情超自得，似乎在对我们讲："你们可明白多少这学校呢。"

我与苗笛像两团污迹，在操场的白圈上打转，又坐到看台边缘，双腿垂下来，直晃悠。我这才发现苗笛的裤脚有点短，露出一截辛普森家族图案的袜子，花花的黄绿相间。我们都没讲话，事实上，这是最自由的时刻。不过，也许会碰到清洁工，除草工，校园巡警三位一体的阿麻。

阿麻会叼着一截烟，戴一个类似军帽的帽子在学校里巡逻，碰到七点钟时的我隐身却还是弄出声响，留下痕迹时，便要吹哨子，“吁吁吁”，来捉拿他根本看不到的我。我们经常瞧见他拿一根大皮管子给草坪喷水，又时不时客串食堂阿姨的职责在小卖部门口守着油锅炸鸡腿。相比之下，他还是花最多时间在学校里面晃悠。他也是一只消瘦模糊的，黄昏下面的影子。

这傍晚我和苗笛坐在操场看台上等阿麻，我请苗笛吃绿野仙踪冰，上面一层白乎乎的奶油冻成块，下层是掺了红豆的绿色冰。怪男孩把奶油吃掉，然后等绿色冰连同红豆一起化成一团粘乎乎甜腻腻的水，再仰头一饮而尽，好恶心。我呢，什么都不吃，妈的已经身无分文，这冷饮的三元五角还是凌晨离家从厨房顺出来的。哼，我好歹也算一只侠，不可以暴露自己为了买打字机都把最后一元硬币花掉了的事实。早知道前两天就不要那么馋，嗑完炸鸡腿还要连吃三包无花果丝。

我希望正巧碰见阿麻，然后，我可以好酷一拍他肩膀，曰：

“嘿，老子来赔打字机。上次那个红蓝飘带飞出来是俺的手笔。”

可我不想承认“桃李不言，爱吃烤鸡”也是我干的。

一阵风吹来，又一阵风吹来，操场的草摇摇招招。我想起去年运动会时，我也是坐在这个位置，在这个时间，看全校那一天最后一场比赛，由于即将落幕，人都走得差不多了，连做生意的养蛇陆元也走了，只剩下几个人在眼前的草地上面比跳高，皆极烂水平，最后一个男生连跳三次，竹竿都掉下来，没人观看，自然也没有喝彩。裁判吹吹哨子，意思是，大家都散了回家吃饭吧。男生弯腰系系鞋带，讲：别收竹竿，不算分我再跳一次。

于是他向前冲，起跳，身子僵直着蹩到一个奇怪的角度，竹竿又掉了。好没意义的比赛，就像是那墨迹消失只剩下勾叉红色的作业本，我突然产生一个冲动，明知毫无可能，但我就想上前问：

“喂，你是不是叫徐良？”

1,991

过五月中旬，我们会有二三十场大雨，直到夏天真正来临。大雨来去猛烈，从厚重天空倾倒而下，甫出教室，便发现雨幕即已延续至走廊，水帘洞一般，处处皆是雨水造就的错置镜面，反射教室中昏白的日光灯，没精打采的旋转电风扇叶，困倦趴在课桌上的我们，又反射操场边墨黑的杉树，摇摇欲倒的东课楼与图书馆，所有这些在模糊的雨水水银面上，一并下滑融化，世界都降落到土里去；然后呢，我们讲话时的笑闹，录音带的英文，广播歌曲，钟楼敲响的钟声，于大水中飘飘荡荡，忽远忽近的。大雨也连续而来，一次接连着一次，像是再也不分日夜时间，只偏要那混沌一片。我们听雨声听得倦死了，雨声好似洗掉会话磁带录流行歌曲，没洗干净，音乐背后总有只字片语，但又不可能抓住的无谓对白。

我闭眼，将脑袋搁在课桌上，手在膝盖两侧，扮浮尸。不长进的大雨困住我，没办法四处游荡，我同桌女生便好得意。我知道她好得意，因她眼里总带有零星嘲弄色彩，她也将头摆在桌面上，半边脸被挤得平平的，转向我，与我对视，她手指敲击桌肚，我耳里听到咚咚咚充满宇宙感的空洞回响。他妈的，你无聊不无聊呀。我心里想着，嘴上却什么都不说，我调整表情，最后选择冷冷抽动嘴角，转过头去，发梢对着她。

切，不鸟你了。

她转而又用圆规尖头划过桌面，“滋滋滋”，我跳将起来，四肢仍软软的，一点力气也提不起，仿佛我自己也随雨水下落，我要眼睛下落，鼻子耳朵下落，骨骼下落，沉沉入水。我才不会管你们。让我躲在水里土里才好。

可我被困在教室里，好无聊好无奈。苗笛在另外一栋楼，不晓得他在干什么邪恶的勾当呢，我突然有点怀念他。

同桌女生见我不语，便讲：

“下雨更萎了吧，你本是个萎人。”

我正色摇头，拉一个本班男生划拉几个动作，反正我爱这样，掩饰我的真实意图，让大家觉得我好生无厘头且平庸，或者平白无故好笑甚至可爱。只有眼下这个女孩不买我的账，她一口咬定我是奇怪的变态，在做一些秘密的事，别看她屡次嘲笑我，我知她好奇得要命，她会趁所有人的周记本都放在讲台的时候抽出我的那一本（我用黑色硬壳记事本，很好找），仔细阅览，或约我下五子棋，想找到我的思路模式（一定是这样，但我使出传统五子棋技法，例如“梅花桩”，飘忽不定混淆其视听）。她愈是如此，我愈要过分表演，尤其是现在，没有任何建筑，拐角，灌木的掩饰。

我拉本班男生，双手作揖，然后衣袖拂腿，再瞪我那同桌痴线女，懒洋洋唱：

“你懂个鸟，我本是，卧龙岗，散淡的人。”

1,992

连续的雨造出一场大水，我们的学校陷落在水里，本来没有倒影的，这就有了倒影。自此，在水面之上的那些，桂花树看见自己枝叶还未开花；露台上的我们，清清楚楚一些伸展招摇或疲惫的肢体；结构复杂的楼层，晦暗之窗幻化为水中之眼；就连上方的那一小片天空，也投射下来，雨稍停的时候，我低头走路，双腿没入水，踩在那流动的阴郁的云层上面。这城市地下河流好多条纵横水道，汇总分支，连通几个小型湖泊，再走向江中，大雨退无可退。学校地势复杂，水最深处已达腰部。前几天，苗笛在公交车船舶上遇到我，那车于广州路站劈开一片水花，正欲开走，苗笛只有上半身在水上，游近拍门，司机遂开门道：小炮子屁事多，赶紧上。苗笛一手扶着头顶上的书包，另一手借力，攀登上车，带上一小片水。公交车船舶继而划水，苗笛寻到我，便与我讲前两日有人跑到东课楼底楼厕所，发现厕所正稀里哗啦由最后一格的洞向下排水，其中似有些猫腻。我回他：那有什么稀奇，东课楼下面一定有一条地道，水都流到那里面去了。苗笛又讲，厕所的洞怎么会连到地下通道呢？我抬手拧湿淋淋的裤腿，百思不得其解。愣住一会儿，乃问：后来呢。

苗笛讲，“后来大雨太大，太久了，厕所排水不够力，反倒往外吐黄水，二楼有人上课听到咕嘟嘟，然后轰隆隆一声，水冲开厕所门，把一楼淹掉一半，垃圾桶都漂起来。老师把人赶赶，不在东课楼上课了，楼锁啦。”

我眉头耷拉下来，说哦，那锁多久呢。苗笛叹气一口：“不晓得哎，锁到夏天结束吧，大雨不走，楼梯泡烂。”

我走在东课楼前，瞥见门果然锁了。连食堂也关了，小卖部买来一卡车泡面，阿姨连同阿麻不做正事，专用大锅炉煮不晓得多少开水，让我们全员吃泡面。不爱吃泡面的，也一并游到小卖部，买小浣熊干脆面，连同外面的包装袋先揉，揉碎了吃个干脆。我正手上捧一碗泡上热水的泡面，脚下踩水，叹了一口气，直往汇文楼游，后面不知哪个小杆子不长眼推了老子一把，一碗泡面皆倾倒入水，面条还没化开，是个漂亮的一坨，它也随着波浪缓缓向前，我从水里爬起来，看见它已同香肠卤蛋分别，晃到前面一个女孩的后背处，接着，一个翻滚，贴上她白衬衫。

操。

那女孩还浑然不觉，直至有人叫她，方才醒悟。

妈的，是同班画素描的若瓦。我已懒得拼写她更繁复的真名，“若瓦”二字自其中拆解而得。她一定不晓得我这么叫她，否则便会画十几个更逼真的我作为报复，我好怕她这样。她总在我们不注意的时候画下描绘我们神态动作的速写，她是一个纯记录的人，是能让我们这样遮遮掩掩鼠辈暴露的人。

我在心里暗骂：真可谓，一遇泡面，诸事不便。

1,993

一个人与他的画像的关联，便是白天目光所及与夜里的梦的关联。然而，若瓦的目光所及，怎会是我的梦？这是逻辑中最大的吊诡之处。我看到的东课楼，还有，其他建筑中的那些拐角，天台，长长的走廊，是我的梦的材料，它们在梦中与现实一样让人迷惑，在下一个拐角，会走到哪里？会在哪里耽搁一些时间？五分钟前我在这里，五分钟之后，我轻手轻脚走去另外一扇门了，哪一个是我？还是说，在这里环绕逡巡的我总归会消失不见？同一处所在承载的记忆动作太多，你可能分清楚吗，哪一些是我，哪一些则属于另外的游侠们？

我始终不太明白。比如，能不能在同一个地点碰见一个月前的那个我？就像凭空出现的路人，我与他打招呼，或目不斜视走走走过去，就这么玩一个时间游戏好不好。我沉浸在妄想里面，好不开心。

就算不可能在真实场景中凭空出现，在记忆中也会凭空出现，就与季夏三月腐草为萤一般天真。如果觉得这说法是古人愚昧，那么我也就无法了，只能告诉你，我们学校的假山池塘确也有例子。原先，那池塘刚建起，其中立有小小假山一座，上面安放着一只泥塑的丹顶鹤，似正要展翅飞去。我亲眼见阿麻他们往里面放清水，时日一久，清水中生出一些绿萍，这都不算奇怪，那，过了更久，里面就有一些不是观赏鲤鱼或者金鱼的鱼类了，一开始极小，后稍许长大一些，它们的背脊是青灰色的，长相普通。我们做值日时曾经捞到一条，身体扁扁，眼睛深灰如盲（它们生活在这偏狭池塘未必需要视力），鳞片不大不小也无特殊的光泽。嘿，你问这些鱼是哪里来的？学校管理人员可没多少耐心去养鱼。

我喃喃讲。苗笛面露不屑的神色，我们正屁股卡在凉亭的马里亚纳海沟里面（别的地方都被水淹了）议论这些有的没的，他驳斥我曰："少废话了，果真凭空而来。是在我们看不见时，远方的水鸟悄悄落下休息，它们的脚上粘有某条大河或者附近那江水里的淤泥与鱼卵，好看奇特的鱼的卵都好脆弱，只有这些普通又不能吃的鱼的卵默默坚持等待机会。水鸟见此处有仙鹤，哪里想到是泥塑的，便以为是一处胜景，待到飞降而下，方觉上当了，可惜双脚已落，遂勉强呆一晚也好。这些鱼卵呢，抓紧时机，缓缓从鸟蹼的皱纹里脱离了，一旦入水，即大口呼吸，又像茶叶泡开般舒展，变形，最后长成你看到的这些鸟鱼。"

我挪动了一下，把手中的泡面碗丢到一边去，我们蹲坐在这里的姿势引起过路同学的一阵哄笑，我们假想目前自己在一座孤岛上，物资已尽，泡面尤其值得珍惜，这样才能真的吃下这碗香辣牛肉鸟面。

就是想说，我还以为这些鱼是一滴水落下变出来的，这池塘或许某日也会因阳光照射凝结成水珠，落往他处，再还原为另外的池塘与鱼。

素描若瓦才不管我辈此等胡思乱想。她坐在教室中间不声不响，目光沉稳，手里捏一支短短的铅笔。我本不曾注意到她。我大概觉得她每天画的就是好多女生很爱的美少女（日系的头发超长蜷曲还有星星眼那种），女生往往拿漫画书照着画，画完还要用彩笔上颜色，我才看不上，都是些假人。可有一次黄昏，我从校园死角钻去薇薇书屋借古龙，回来时住校生游侠们已在，照常叼着烟玩游戏。我听说他们之间有绝对严肃的血友兄弟条约，其中一条便是兄弟们凑堆玩乐时，谁都不许带妹子。我从破墙洞钻回学校，一抬头看到阿卜卷发用定型水都定在脑后，嘴里咬烟，讲说要把桥牌兴趣班发扬成校园赌博会。苗笛见我，略一点头，一脸似是而非的坏笑。其他几个人则是，有人懒懒躺在草上，有人盘腿坐，校服衬衫领口三颗不扣。他们见我来了，和我打招呼曰人民中学群架场子你也去，屌。我说，还好，就是凑个热闹。苗笛在旁边补充讲，是偷了食堂汤锅的大锅盖照人脸上直刮下去，把对面小杆子直接刮昏。我哈哈一笑说，俺是校园盲流。对话间，我见到素描若瓦坐在五米远处，遂颇感奇特。

阿卜那时似乎已然是游侠的头目，他手一指若瓦：

“这条妹子要为我们画群像。”

若瓦似乎对这群男孩颇为不屑，她眼睛偶尔抬起，也只是为了扫视目标，手更是不停歇，在纸上涂涂抹抹。

我凑上去瞧，确实是群像，然而，没有脸庞，只有动作。奇怪的是，只凭动作便可以分出哪个是阿卜，哪个是苗笛，还有那几个或坐或卧的小流氓。哎？居然还有从墙洞里刚伸出脑袋，鬼鬼祟祟的我。一种被抓包的心情涌现，我又仔细看一眼那张纸，万分尴尬的指着自己说：

“这是谁？”

“你。”若瓦静静回复我。

“不太像嘛。”我仍嘴硬。

素描若瓦没再抬眼看我了，似乎这本来就是一个毫无疑义的事实了，她对她自己的绘画技巧具有极大的信心。这让我有点慌张。遂问：

“你以前画过我没？”

“当然。”

“为什么要画我呢？”

她一副你少自作多情的样子：“我们是同班同学，我当然有机会画你。”

“你什么时候画的我。”我不死心到处追问，我也不晓得我怕她看到什么。

“记不得了。任何时候。”

她说完，又皱眉想了想，告诉我：

“画的是某个时间段，或是某个瞬间你的动态。时间段是说，在几秒钟或者几分钟内，你连续的动作变化，而瞬间呢，就是一个动作，或一个神态。”

说话间，她啪一声合起手中那个硬面的超厚素描本：

“画完了，我闪了。”

她向住校生们示意：

“多谢。这样我还差六十八个人，就画全整个年级了。”

游侠们摆摆手意思是你要画便画，别扯那么多狗屁闲话，快走吧。

这也真是奇怪的收集癖，我暗暗想着，事实上，我又有点心有戚戚焉，觉得这与我痴心想要拼地图是出于同一种情感，只不过，若瓦的目标是人，而我的目标是建筑，或者更确切的说，是地点。仅此而已。可是，我更爱地点，地点一直都会在，哪怕被全盘摧毁，它也会留下个地标，我们仍会讲这原先是某处某地。地点收集记忆，我从这里走过，如此简单便生成一段记忆了，别人也一样，地点一视同仁。最后，我们对某一地点有共同的记忆，而同一地点也拥有我们的各种记忆。

思绪飞了一圈。我及时阻住她：

“好不好把本子给我看看呢？”

“喏。”若瓦大方递给我。

本子真的好厚，比我看过的所有本子厚三倍。她将这玩意儿放在书包里重不重呢？不过，我怀疑，她从不带其他的课本，只带着素描本子，因我也从未见过她做除了画画以外的其他事。这一本已经被画了一大半，由日期编号，最早的一幅是年级里某个朱姓男生，我一眼就认出来了，朱生走路有点内八字，且看人伸着头。若瓦笔下的他有一种可恶的生动，好像他隐约发现若瓦正在画他，故而踮着步子过来撇头偏要看一般。每个日期都有好几张画，最多的，甚至有十几张纸的篇幅。也有好些纸上同时画了数个人的动态，大概就像若瓦所说的，“瞬间”。我默默翻看研究，突然发现有一张全是我，日期是一周前，雨下最大那会儿，我正趴在桌子上扮死人，若瓦画了困倦的我的每个侧面。隔了几张纸，过了一两天的样子吧，我又见自己，正趴在东课楼锁着的门前想要向里面看，身旁那个是苗笛，无所事事，束手站一边。

每一个我皆是被寥寥几笔勾勒出动作，可那纸上分明有我的秘密记忆驼峰（我的驼背），还有我伸头去看向池塘正在神游太虚。当然，这皆不是连续发生的事。事实上，若瓦笔下相隔的空白时间中，我仍为隐身侠，孜孜不倦，毫无停歇搜寻线索——找那些突然映入视线，浮于记忆的拐弯，暗门以及缺口；那些跳跃与妄想，太多线索，我自己都可能记不得了。若瓦讲，画像与人的关联，便等于你与你之所见的关联，可真是吊诡。她观察到的我的片段，虽远远不足补全我揭露我，却反而在我本来的记忆中又造出新的拐弯，暗门和缺口。描绘我身体姿态的线条看起来好确定，可同时又让我迷惑——这是我吗？我盯着那几页纸看得好茫然，我肢体的线条埋在其他人肢体的线条之中，分不清谁是谁。若瓦目光看到的种种我，怎么能够同时也是我某一个正在追寻的梦呢？

当我在线条中打转，我忽然爱用另外一个人的目光去看。这是从未在我身上发生过的，我虽心中毫无抵抗，可真的做起来，仍旧是遮遮掩掩。有时我不相信自己双目，遂去偷偷翻开若瓦的素描本，好在，她除了描绘各色人等，还记录了一些静物。这些炭笔包裹与重塑的，也被我拿来当作在脑海里填补校园地图的材料，这些为了练习透视从而画下的走廊，楼与楼的间距，细瘦的垂丝海棠的摇摆枝条，还有假山池塘与丹顶鹤，逐渐与我眼中的那些走廊，楼层明暗，枝条树叶，幻想之鱼重叠了。很明显，它们并不能帮我更了解我之所见，自然也是不能解开东课楼复杂结构的谜团，但见到它们给我更多隐秘快乐。身为隐形侠，我还未曾发现有什么人对这学校投以某种一致的目光呢。

我坐在课桌上，翻看若瓦已经画完的那些本子。第三本，假山池塘里面多了几条大鱼，齐齐张开或闭合嘴巴，游得极为粘滞。

若瓦瞧了一眼，告诉我：那是上个月生物课的解剖鲫鱼之中幸存的数条，可能是受了好大惊吓，所以呢，统统只用下腹部的鱼鳍来游，而且，只会往左游，游了几步，撞到池塘的瓷砖，撞得调转头，继续往左游，反反复复，像是任天堂卡片机里面荧光钓鱼游戏那样，鱼群在小屏幕里同向游，撞到屏幕边，发出 diu 一声，回转来游，背景音还有 piupiupiu 吐水泡的声音呢。

你看这几条特别大的，是生物老师偷懒不想统一购买同尺寸鲫鱼，强迫我们回家找爸妈去菜场自行购置，待解剖那日带去学校的。有些家长觉得不可以在鱼上面输了气势，于是买得水箱里面最大的雄霸鲫鱼，装在塑料袋里，一并打了氧气，好去炫耀一下。切，炫耀什么呀，鱼太大太有活力，解剖盘放不下，跳来跳去。老师看了好心烦说得了得了，你们两人一组解剖一条，按住鱼头，先破坏它的脊髓神经，接下来仔细观察噢，解剖刀从鱼尾巴那里的小洞里插进去，然后，提刀，前移，哗，肚子便破开了，流出绿油油的鱼胆，白色的鱼泡，金黄色的鱼籽。旁边的雄霸鲫鱼隔着塑料袋看到这一幕好心惊肉跳，却又不能闭眼，遂向左调转过去不再凝视，那鱼眼周围分明起了泛起一圈红色血液，鱼不会吓哭，生气流泪，可是那种红色血液就是它们的眼泪了。

老师尤在说，好了，你们取出鱼泡，是不是鼓鼓的嘛，鱼就是用这它调节在水里的位置哦。鱼泡鼓起，鱼浮到水面，鱼泡变小，鱼就沉下去。现在，我们一起来找找它的心脏好不好。

小朋友遂在鱼的脏器里，用手术刀乱捣乱捣乱捣。

找到找不到都拽出一枚红色的肉块放在手心，没有温度，也不会跳动的。

他们不肯将逃出生天的鲫鱼带回家，其实也是，带回家除了丢脸之外（家长会问，难道老师对超大鲫鱼不满意吗？该如何回答呢），也是不外乎让它们进入一个死亡困局。到底是死在生物教室的陶瓷解剖盘里比较好，还是被爸妈啪一声用菜刀砸头，然后于水池中，头尾曲折碰到刚买的芹菜叶和葱姜蒜比较好呢？其实它们在菜市场时就已经是必死的了。我想到这里，有一种难以说明的悲伤，很快，悲伤被空荡荡的下午教室吸收了，我的思绪总被空间吸收，坐着坐着，心里便什么都没有了，好像什么事都没发生，记忆空闲一阵子，好歹，松一口气，否则便像是总在屏住呼吸好累。

空了一阵子，我伸伸懒腰，想，或许我们学校的小池塘已是最好的出路了吧，在前路难进，后路不通的时候，小朋友们最聪明，他们就把塑料袋打开，将鱼哗啦倒入水中，拍拍手，走个干净也。

我又翻看若瓦的速写本。她是冷静的观察者。有鱼的池塘她画出那几乎划破水面的背脊，而没有鱼的池塘，则什么都没有，只存一点水光。那水光亦只是傍晚光线入水的反射，否则这池水就总是黑色的，像一张开着的口，那分明是一池死水。

“目前池里没有鱼了耶。”我指着那幅最近日期的速写说。

“嗯。”

连下暴雨，学校几乎有一半入水，水池的水也漫出来，鱼趁机也挨个深吸气，吸到整个身体都轻飘飘，浮上水面。原先水鸟带来的那一群对后来的鲫鱼说，快跑啊，河水来了。鲫鱼沉吟片刻，认得这仅是下了大雨。但它们想了想，仍一侧身，肚鳍用力，挨个儿翻过水池边缘，向左游去。

“那没有鱼你就不画鱼了吗？”我无聊问道。

若瓦答曰，我只画“有”的东西，没有就算了。

我又讲你只画“有”的东西，你会不会追问“没有”的原因呢。若瓦瞄了我一眼，眯眯笑调侃曰或者更确切讲来，我只画我可以看得见的，你觉得我会不会每分每秒问自己为何“看见”或“看不见”呢。

我说，哦我明白了。你不会用想象力。遂又问，你有没有画过东课楼。

若瓦讲我晓得你们这一伙人，你，苗笛，还有几个你根本就不认识的其他年级的无聊家伙，你们对东课楼很好奇。我只画过它的走廊，阳台，以及阳台上的几个人。我没有看全过，在我眼中，那是一座不完整的建筑。

我沉思不语，任由摇头电扇的头摇过来，又摇过去，钟楼敲响晚七点的钟。这一刻思绪并无闲置，它在运转，那里面，鲫鱼与野鱼两群分道扬镳，各奔左右后，统统顺着水游进下水道，从此死生未卜，这必定是唯一的逃逸之路了。

1,994

我又继续看那素描本。

看到我和苗笛坐在操场看台上发呆，旁边有一个强化塑料外壳的方形箱子。我问若瓦，你晓得这是什么吗？若瓦说，太远了看不清楚，我正巧在操场那一头，只见你们双腿悬空。

嗯，摇摆双腿，脚踝相互敲击，碰碰。

我曰周六那个时候你在学校里干什么。若瓦回：参加学校新开的无线电测向组。

哦，我点头不再问。

阿麻一边吹哨子一边跑来，操场上回荡他的哨子声，我们才不管他大惊小怪，径自掀开打字机的箱子，哗打字机的孔雀型机簧露出来超级漂亮，在傍晚闪闪发光，它一定是那空间时刻最美最精巧的存在。苗笛抬手啪啪按了几下打字机的按键，很屌的同他讲：怎么样，我们赔打字机。

阿麻抓抓头，遂向保安头目寻了那东课楼大门钥匙，带我们进去安放打字机。这是大水后，我们第一次开东课楼。楼道里一股子烂木头的湿味，地上皆是黄黄的水渍，墙壁下半部分油漆掉了，石灰泡发。它像是受潮饼干拼起来的楼，我们好久没有进入此地，再加计谋已成功一半，皆怦怦心跳头晕脑发热，觉得那湿味道真好闻。水并未淹到二楼去，但楼梯一定是由于水汽侵扰，频繁发出吱呀声。阿麻边爬楼边讲你们小杆子做事情真咋呼，开端时死不承认，现在突然拖来东西说要赔，到底是要干么事。我与苗笛跟着爬楼，爬到一半站在那里等阿麻将门板掀到一边，对视且笑而不语。

乃至手工教室，苗笛朝桌子上一靠，曰“将功补过，你觉得好不好。”阿麻讲你连同那帮住校生少惹麻烦才是真，年纪轻轻抽烟喝酒，污染校园环境。苗笛颔首，以后注意点。阿麻叹气，谈心一般说，唉食堂大锅盖也偷偷拿了去，你们这帮活闹鬼多事否。苗笛笑说这可不关我们的事，偷锅盖干什么，发神经嘛，必定是校外人员顺去卖个不锈钢钱。阿麻摇头继续叹道不说唠，你们把打字机搬到那最后一张桌子上去吧。苗笛与我将打字机搬好放好。我说，麻老师，我们还打字机给学校，学校起码给我们开个收条是啵？阿麻笑讲，想太多，学校又不赖皮。苗笛回，还是开一个，一码归一码，按章程做。阿麻遂要找纸笔，我们上摸衣服四个口袋，下拍屁股后两个裤兜，再摊手，没带纸笔。苗笛建议阿麻去办公室开单子，我们留在此处调试打字机，要赔就赔个周全周到。阿麻曰，小杆子不要在教室里面乱摸，我去去就来。我们又抽手拍心口，加之阳光微笑，保证一定清清爽爽不再闯祸。阿麻出门口时又回头凝视我们，我们一边窃笑一边投以一个眨眼。阿麻遂离去。我与苗笛碰碰拳头，哈哈大笑。

我们都不晓得怎么笑，只好学电视上武侠片里人物的笑声。最爱学的是华山比武后，东南西北中五个鸟人响彻天际久久盘旋方才四散而去的笑声。不过呢，那种是要运用内力的，试想，那五人皆自视甚高，那笑声中必定也抱有一较高下的意思，否则岂非丢了面子，况且，站在山巅总不至于小小声笑吧。讨论这话题时，我们也是躺在乒乓球台上，上身躺平，左腿翘起放在右腿上，晃个不歇，可眼见天的黑幕落下，夜晚要来，我们须得撤回家乖乖扮演读书做功课的戏码了。于是，苗笛颇为遗憾总结道，偶尔这么笑一次就好了，动不动把我们五十年以上的内力运出来太累。我双手举起表示赞同。随后，苗笛又喃喃讲，我适合欧阳克的笑，白驼山少东家，一出场身边一堆美女，爽死了，那一定是得意极了的不发出声音的笑，人生得意须少年。我便问他，洒家我也要选个笑声，你觉得哪样合适？苗笛这时方吐露出他内心对我的敬意，只见他正色道，你是隐身侠，你要隐身，你是不能笑的。就算笑也只能在兄弟我的面前。你就一般的哈哈哈就好了。我有点得意又有点无奈，又问，阿卜应该怎么笑。苗笛曰阿卜又瘦又帅，他是江枫的笑，微微一笑少女心碎，可惜他完全不晓得打造自己，每天就知道抽那屁烟耍酷，蠢死了。

于是眼下，我们哈哈大笑，好生得意啊，运用了二十年内力也不怕阿麻听见，且收放极为自如，五秒即停。苗笛点点头，对我讲，事情已经做到这一步，我们便去开那扇小门吧。随即他目光如炬，扫向手工教室后面的小门。我问，你觉得这里面有什么。苗笛讲，鬼才知道，从没人碰过。我上前去拧门把手，果然锁着。

正是要用钱崇学传授的磁卡刷门心法。

关于钱崇学神出鬼没的传说很多。记得一年无聊某电视台来拍我校风景，号称有一组重要的民国时期建筑值得影像纪念，遂全校清场，全员拘在教室里看闭路电影。拍完之后，送来一张光盘供师生观赏学习，午饭时间播放，我啃着炸鸡腿时突然瞥见，屏幕挪到钟楼，下角赫然出现钱崇学爱穿的工装蓝色外套的一个衣袖。与此同时，好几人都在叫，鬼扯的清场，拍到钱崇学了。果然，他飘逸而过。我想，很少人知道他怎么做到的，可我知——

他是和我一样的隐身侠。

各种可以躲避的角落中，我最不爱医务室，总有种苦苦凉凉的药味。医务室的老师是初二年级某一位数学老师兼任的，本来就不笑，戴了口罩便更严肃。她只给我们开三种药，止痛片，退烧药，以及，诺氟沙星专治腹泻。她对我们的病情有一种本质的怀疑，总觉得我们的表演太过夸张，实际根本没那么痛。一旦怀疑，便加倍冷酷，她会量一量我们的体温，然后讲，三十七度三，算发烧吗？去小卖部找阿姨要点热水喝。或用那种压舌头的铁片狠压住我们的舌头（她会从一个笔筒状的容器里抽取一支消过毒的，一股凉咸味儿，面无表情说，张嘴），接着用小灯照喉咙，边照边说，舌头不要动，嘴巴张开，完了抬手将铁片当一声丢进一个不锈钢盘里（和解剖鲫鱼的解剖盘是同一种），她说：扁桃体没有发炎，回去上课吧。

那一天，我突然觉得一种无法言喻的悲伤，因我听说拍摄完那组民国建筑，学校便要在一年内拆除东课楼，图书馆，小礼堂，只有钟楼会得以幸免。钟楼比较美，每年都换个角度拍照，超然印在练习簿的封面上，当然舍不得毁灭它。既然它们都是民国时期的建筑，那为什么要拆除呢？我追问告诉我消息的同桌女生，她难得收起嘲弄又探寻的眼神，叹气同我讲：这城里民国建筑好多，不是每一栋都保留的。我遂趴下，耳朵又贴桌面听那宇宙音，这次，同桌女生并无打扰我，她只是挺直背脊，静静坐在我身边。之后，她将我耳朵上面翘起的一撮头发按下去，我感觉，几秒钟以后，那头发偏又固执立起来。她又伸手去按，我躲也不躲，索性把手也压到桌面上，不讲话。她手放在我耳朵上许久。没有干扰的宇宙音玄妙旋转，由远方过来，我听到星球爆炸和黑洞中的寂静。然而，我又觉得傻。桌肚里面会有宇宙的秘密吗？我所听见的，无非是远处的风声人声，或者仅仅是我耳蜗里的声音吧。这时候，一阵悲伤突然来了。它沉默融入我周围的空气，筑起坚固无法穿透的一层，唯独笼罩我，我移动它必然也移动。随即，悲伤分子侵入我体内，将液体都变成固体，空气变液体。我首次感受到一种不同于头痛，胃痛，肚子痛的别样痛感。

于是我漫无目的走到医务室，打开门，懒得开口说话，倒头躺在一张简易病床上面。医务室老师照样冷冷走来，她先用体温计量了我的温度，又将听诊器贴住我肋骨，不晓得听什么听了一阵，之后祭出最后法宝，那个铁片，她一定是好好观察了我的喉咙，因为灯照了好久。这些都结束后，她问我，怎么了。

我讲：我身上疼。

医务室老师回曰，你没生病。

我则闭口不说话了，她在床前俯看我，让我觉得好压迫，与她讲：好不好把止痛片百服宁白片黑片还有诺氟沙星都给我吃几颗？

她手伸向我额头，像医务室四周的白色都向我挤来。我遂避开了。

医务室老师便没有再理会我，径直走开，放任我在这病床上面躺一会儿。我闭眼，疼痛仍未散去，正在由胸口扩散至四肢，像被某种沉闷攫住了，我无法动弹。我听见下午课的钟声，可我不想睁眼。就让时间空走一会儿吧，我暗暗向小礼堂，图书馆，东课楼道别，在道别倒数前，总要有几秒时间留白的，好让我们数一二三开始。我又任性，不想真的要道别，遂停滞于滑动的时间之内，由着自己双手双脚头颅肩膀陷入巨大失落。我要睡着了。

再睁眼，发现隔壁的另张床上躺着一个男孩。男孩也瞧着我，诡异一笑。他居然没穿校服，只着一套单布全身蓝色的工人装，看起来比陆元还苍白。他翻了个身，侧过来用手托下巴，问我：你生什么病啦？

我不想告诉他原因，遂反问：你是什么病，为什么医务室老师没把你赶回教室？

他表情十分奇怪，好像得意又带着零星心酸，对我说：我的病好不了啦。

我才不相信他小小年纪会得什么治不好的病，于是转过身不想再和他讲话。事实上，这节点我不太需要病友与我聊天，只想一个人呆着。

男生不依不饶，于我身后轻声说：医务室老师去上数学课了。我觉得你也是一副得了治不好的病的样子，是不是？

我仰面朝天，盯着日光灯管，现在灯并没有打开，休息室的窗帘也半拉着。实际上，我们在小礼堂的一个房间里面，据说是原先神甫住的。有点光线由木格窗里投射而入，房顶好高，但屋子实际却又狭小，我们像是于一口井中，离地面与天空都好远的感觉，外面正在上课的那些人和我们全然没关系似的。我只想躲在这洞穴一般的空间睡个不省人事。

可那男生又小声说：喂，羊角风你听过没。我是隔代遗传的羊角风。

我在电视剧里见过，得这种病的人往往突然发病，口吐白沫，狂翻白眼，在亲朋好友面前滚来滚去的。我忍不住问他，你是这样的吗？

男生嘿然一笑，并未回答这问题。他也仰面朝天。

我们都没再讲话。直到，下课钟敲响时，他方才接着曰："我可不想在同学面前滚来滚去。不然哪怕再天真的人看到我这副怪样子也会被吓到的吧，大家总是说，生病没什么大不了的。其实可不是这样。人们最怕他们不能掌握的病，连同不幸身染这些疾病的人在他们眼中也变恐怖，好像我们就是疾病本身，其实，只不过疾病抓住我们的身体，硬要表演吓人的把戏而已。羊角风发作之时，我便觉得我早就不是这身体的主人了，我魂魄上升，躲在上方的树枝里面，看人围上来，一开始自己也觉得好怕。几次之后我变固执了，我不会让羊角风想要表演的把戏得逞，它在我身上发作的种种，都不会再有什么人看到，如此它便无法得意了。反正老师们皆知道我的病，我又好会躲，一觉得它要和我闹脾气，我便躲起来了。"

那男孩讲演结束，抿了抿嘴，还是要问我："你到底是怎么了。"

我叹了气，同他讲："我心里难过，身上也痛。"

他沉默片刻，以一种与疾病异常熟络的老练口吻告诉我：心里难过，身上疼痛与真的生病是三种不同的概念。

喔，我答道，又问，你平时都是躲在哪里的。

难道学校里还有我们没有躲过的地方吗？可我几乎从没见过眼前此人。如果他没在吹牛，一定是有其他的飞天遁地的功夫了。

他由床上坐起来，环视左右，讲：老师还没来，我们要不要先走掉？我带你去见我的藏身之所。

我遂跟着他来到操场。有几个班正在上体育课，跑道上全是人，他们练习往复跑，一个一个循环着，竟是毫无停歇的意思。男生拽我闪到看台下面，突然在我耳边说，我叫钱崇学，你唤我崇学就好了。又讲，躲藏的第一步是让别人看不到你，并不是让你立刻躲起来，而是说，你须得使其他人对你视而不见。自古代大侠客到今日最优秀的间谍都这样干的。我点头，觉得他说得甚有道理。之前我虽想要隐身，但无奈往往我还没躲呢，就被若瓦或同桌，甚至苗笛注意到，一定是此处便出了纰漏。

崇学又拉我靠着墙壁，他双目看着对面的杉树，身体一动不动，淡然曰，隐藏的大忌是你隐藏是为了让别人找到你，注意你。若是你隐藏前便这么想，你一定是躲不久的。

我的心突突直跳，好像他突然看穿了此前的我。遂径直沉默了。

他眨眨眼，继而说，呐，你要想着消除自己的身体，融入你所在之地。这便是大隐隐于野，小隐隐于市，我们这种小小隐隐于菜市场的要义了。紧接着，他突然矮着身子，拉我钻入看台下面的一处小空间。

可这里平时是锁起来的，你怎么开的门。我大奇。

看台下面几乎堆满杂物：干枯拖把，生锈哑铃，破了好大的洞的篮球，嗯，兼有两个不知道从哪儿拆下来的篮筐，以及束起的排球网。我听到头顶有咚咚响声，多半是又有人爬上看台了。一缕阳光从左边的两格气孔里透下，光线之中，灰尘狂飞。

崇学曰：此为狡兔一窟。

我想席地而坐，可地上灰太多。于是崇学从角落某处取出一叠过期的校报。我们即坐在校长的脸上。他又翻出一盒斗兽棋和一套《阿西莫夫最新科学指南》来，炫耀说，喏，我都是靠这消遣的。

外面热闹得很，哨子吁吁响，一整个班的女生练习蛙跳。我们却躲在他们眼皮下面，闲闲聊天呢。我不禁心有所感。崇学看我这样没见过世面的样子，说：这里不算很好，夏天热极了，我有更好的去处。找到那处所在之前，只好就躲在这里。其实我并不太会经常发病，可是，羊角风实在飘忽，你不晓得它什么时候来，只得略有迹象就自己找个地方呆着。我没在学校发过病，却仍忍不住屡次要躲，有一次我觉得它是要来了，便来到这里，夏天四十度，我一人坐在里面，想象自己是机器人，然而，机器人怎么会流汗呢，我的汗水从头发流到眼睛里，流到脖子里，我咬牙想，这时候羊角风若是来了，我更要坐住不动，热死它算了。

接着，他自口袋拿出一张电话磁卡，上面印着希区柯克的照片。他摇摇卡片说：这是一张软卡。靠着它，我能刷开学校里的大部分教室的门，只要是不超过十年前至今的老虎牌门锁，锦标门锁以及牛头门锁的范畴，我便有把握了。我都趁傍晚放学时练。第一次成功是刷开食堂底楼大门，我忍不住走进去打开冰柜，连吃两根雪糕。吃完好后悔，但是，羊角风患者皆是身体好热心中焦虑，超爱吃凉的。

我颔首曰我能理解。然后问他：

“你去过东课楼没？”

崇学思索片刻，缓缓道：我一直怀疑学校换过东课楼一些常用教室的锁，那些新锁不甚难。不过，它自己原先有两种锁：一是那种老式的挂在大门把手的锁，根本就没法下手；另一种锁已超过十年年限，机簧不一样，刷开几率极小。有一次我不晓得怎么走到了四楼，见到一道小门，上面挂着好老清代样式的那种铜锁，方形的。

进入某个空间亦需直觉，有时，你甫一跨入便觉得舒服适意，极想在那里呆着。可有时却心中忐忑，好像总有种走不出来的感觉。崇学摸摸头补充道，一进东课楼我就想走，躲不住。

我们接着逃学练习隐身，奇怪的是，并没有人关心我们在不在教室。我提议一边吃雪糕一边逛个痛快。崇学真爱吃雪糕，他先吃一支奶油葡萄的，又吃一支糯米团（糯米外皮 + 奶油冰淇淋），再吃一个草莓可爱多，我从没见过可以在如此短时间内连吃那么多雪糕的人，故而也暂时忘记东课楼要拆的事实，与他一并走得兴高采烈满不在乎。大概大家早已习惯崇学缺席，他缺席，他的疾病便也缺席。没人会知晓他带着羊角风秘密兜兜转转，像是在这时空中片刻不能留步一般；像是一旦停止，那秘密也就会泄漏。我呢，则想象着电子游戏搬运工里面遇到的障碍砖块，于瞬间依次闪烁着消失了，好赞。最后，只要是锁着的门，崇学便拿出希区柯克加持的电话磁卡，闪电刷开。我们挨个儿去看生物教室，化学教室，物理教室，广播间，图书馆里的闭架书籍储藏间，还有好多长得差不多的空白教室。

那日下午，崇学从未失手。

1,995

于是我拿出崇学给我的希区柯克电话磁卡。本来他传授我心法之后，我打算自己去弄一张软硬适中的趁手新卡。可是崇学曰：你会不会有时候有那种借了同学的钢笔，字也写得像那同学的感觉呢？其实道理是一样的，物品也会沾染上使用者的气息，你用它次数越多，它便越驯服与你本身的性格融合，最后就如同你自己了。这张是我的幸运卡片，我连见到希区柯克的脸都觉得好亲切，你拿去用，保证你前十次刷门皆能成功，等同于我在做。我颔首接下。崇学用手压了压前额的头发，又讲，这次你来找我也算碰巧，我已决定放弃看台下面的隐身场所啦，太吵太热，又之，过阵子体育老师要清理这里，清理好了用来存放他们自己的打球用品，真讨厌。他又眨眼，你来我才会开门，懂不懂？我也笑讲，下次还请你吃雪糕好不好。他嘿然拍我的肩膀曰，别收买我，下次你就找不到我了。我心里遗憾，知再问他他也不会告诉我另外一处藏身地点在哪里。于是只说，磁卡怎么还给你。崇学轻轻讲，送给你吧，记得只有前十次是保证有效的。他又理理蓝色衣服的领子，我见他脸庞，衣服，鞋子，手指皆异常整洁，知他是个注意自己仪态的家伙，不肯暴露任何羊角风端倪，一定会躲得更隐蔽。便有意讲，我才不找你。他嘻嘻一笑回说那更好，记得别妄想刷开印刷室偷测验卷子噢。我问为什么？崇学晃晃手指讲，那个刷不开的，里外两道锁。

好了。他又拍我肩膀说，再会。说完便锁上小室的门，继续读阿西莫夫。

崇学对我说：要慢慢将卡沿着门缝插进去，然后找到锁舌最薄的部分，再用一下力，借助磁卡弹性将锁舌从插销里面打回去，如此，悄无声息门便开。无论懂不懂门锁的构造，只须手感与想象力，不敏感可不行。

教室是深灰的。

我与苗笛蹲在教室的小门边。我先将耳朵靠在锁孔上面，听到里面的空间轰隆隆。苗笛说，你好紧张，这是你自己的心跳。我摇头。真的未必，这许是东课楼摇摇欲坠复杂结构材料之间的摩擦与撞击声呢。在我听来，这建筑似傍晚微微颤抖，与不远处新楼建造时的打桩声对应共鸣。它大抵是已经知道自己要被拆除了的。我耳朵移开，手指按住锁眼，心里面有一种异常微小纤细的触动，好像，我的内脏也同样鼓噪起来了。接下来，我向希区柯克与崇学许愿说，闪电刷门一二三。希区柯克的脸碰到锁舌好扭曲，那门应声而开。

其实可能早已猜到的。早到什么时候呢？大概是我与苗笛出动去买打字机，船至江心的那个时刻吧。门缓缓移开，其中乃是一处三面水泥的狭小空间，水泥已将一切封死。

灰色于眼中加深，我转头对苗笛说：

阿麻待会儿就来了。

即抬手将门又锁上了。

待阿麻引领我与苗笛走出东课楼，黄昏最后一丝光线居然已没入夜色中，黑色沉沉。阿麻曰：事情办好了，你们快回家。苗笛则回他，有事和住校生讲，好不好？

阿麻瞪他一眼，佯装生气说，有什么事情不能等明天说啊，晚回家你爸妈讲你嘅。苗笛笑曰，烦不了，不怕爸妈，偏今天要讲。阿麻遂放我们自行去耍。他还不放心，扭头告诫再三。苗笛再一次阳光笑容，露齿保证说不会啦，我们待一会儿必然走。

我与苗笛两人其实没什么事要做。只不过晃荡到乒乓球桌，又晃荡到操场看台。我想起崇学，经过时用脚踢踢那看台下的小门。这个钟点该是无人回应了，小门发出碰碰声。我抬脚走开。我和苗笛都没再说东课楼了，就是单纯沉默着一起走。

学校里兜了一圈又一圈。直到住校生们吃饭归来，手中铁饭盒已洗净，哐当直晃。几个认识我们的，也是点了头后，便径自向宿舍去了。我将双手举过头顶，百无聊赖继续沿东课楼，小礼堂，操场，钟楼，小池塘，图书馆再绕一圈。天空延续了前段时间雷雨期的大致风格，晦暗不明，月亮在云中是模糊一团，反而，只有天空边缘被远远的城市灯光照得微亮微透，显出一些云层零星半点的层次与形状来。天一黑，热气便也往下退了，泥土里的凉意往上升，我们上身有点热，双腿双脚有点凉，也像前阵子走在大水里。草的气息更明显，渐渐，到处都是植物的清香与影子。我们又行至操场看台，继续坐在其边缘晃腿。这时苗笛微微叹气一口。

我没理会他。

视线放空许久，思绪在时间里面停下。我尤其不想回家，就想拖拽着，多一分一秒也好。有人远远从操场那头走来，嘴边一个红点明灭，原来是阿麻。他走到近前，凝视我二人，曰，还没走啊。我抬眼见月亮从倾斜天空那头慢慢爬，爬高了几十厘米的样子，慢慢回他说：

不想走。

阿麻呵呵一笑，再曰，奇了，其他人觉得在学校要上课念书考试整天面对几个老师，好不烦扰，回家还来不及，你们倒是每天屁股长在操场上一样，怎么都不肯走呀。

苗笛回说，你管我们闲事。

阿麻打他头曰，乱喷，我当然是管你们的。却又说：不想走，看我放风筝吧。

说罢右手突然抖出个奇大的三角形风筝，吓我们一跳。阿麻放风筝不像有些矬人，要一人手捧面对风向，另一人喊放手，然后牵着线猛跑猛跑。那太言情。只见他等风起，风起后遂手臂一扬，风筝便呼啦上天，阿麻牵引棉线，风筝越爬越高，逐渐靠近月亮。最屌的是，阿麻在风筝上面装了一组星星形状的彩灯。怪不得要天黑才放，这天象，看起来便是狗皮膏药般贴在空中的白月亮旁边有一颗巨大夸张的星。

无论如何，我们亦走到阿麻身边往天上瞧。

阿麻吸一大口烟说，小杆子不肯回家，是失恋啦。

苗笛回讲：失屁恋。

阿麻呵一声，遂不搭腔。

只见风筝在云层中穿行摇摆。过好久，他说，我就喜欢这样。月亮旁边飞个星星。我便是那个放星人。

2,1

雨势变小，学校着手清空图书馆，先将十几个老旧书架抛到死角草地，将草地另外一边堆得暴满。游侠们遂在原有的垃圾与这堆书架之间活动，隐蔽性绝佳，若只走到缺口见不到他们，须得先绕过书架障碍，方能发现这几人仍坐在老位置抽烟。过了几日，又抛进来几张转椅，阿卜想了想，将本来就丢在角落的破桌子放下一张来，搭配上转椅与书架，俨然便是一个简易书房了。

阿卜吃完晚饭，将饭盒往书架上面一搁，并不着急玩强手棋。待晚风吹起来，死角略带废弃伤感，却看雾气升至半空，月亮被遮蔽成了半截不知道什么的发光玩意，这时分，他坐在转椅上转来转去，转到头晕，遂趴在桌子上摸黑写信给妹子。大家嘲他。他甜甜一笑曰，氛围对了。

我从未见过阿卜这么笑过，嘴唇翘得更厉害，脸颊一侧泛出一只深深酒窝，眼睛也眯眯的闪出光。他天热之前将头发小卷一并剪了，露出额头，笑得眉毛都飞到额头上面，所有人皆不寒而栗。又过数日，剩下的几个人也一道发疯，将转椅搬正，坐垫调得极高。有时候我视线被遮挡，便只看见这伙男生半闭着眼睛，像坐在半空似的堪堪旋转着，然后，屁股齐齐扭动，越转越快，转得不停，且抽烟也不停，那烟雾便在他们周身化为龙卷风一般的形状了。真是，一群神经病。再后来，我发现苗笛亦被震到，有一次享用学校后门的馄饨方毕，他便提议我再吃一个萝卜丝饼，我好饱（而且回家还得吃晚饭呢），可仍舍命陪他狂吃，然后，他要买无花果丝，我亦无反驳。可是，无花果丝才歇，他还要弄两包酸梅粉来嗑。我摸摸头惊奇曰苗笛你魔怔啦。苗笛失了之前欧阳克的爽笑，只眼神怔怔，半痴半嘲的撇嘴一字一顿曰，是氛围到了。我无语，只有在心中重复TMD一百遍。

这段日子，对面人民中学的小杆子无闹事约架，或许也是被重复的雨弄得好困倦。游侠们更百无聊赖，忍无可忍，将阿卜从椅子上扯下来。苗笛讲，阿卜你对妹子一笑就成功一半，写哪门子鸟信。阿卜回说你不懂，绝对不懂，光笑怎可笑出我心意。大家又集体呕吐。恰逢广播社找我替班放送歌曲，他们便拜托帮阿卜点歌。我收了二十顿夜宵（写字据，按手印）贿赂，当天下午，播放梁祝小提琴钢琴协奏曲，播到全校——内至每个班级每排座椅，外至声波可达到的馄饨摊，炸鸡肉串里脊肉摊，萝卜丝饼摊，卤海带节摊等结界之边缘，皆惨情。播完，我幽幽道，某某班级阿卜，点首梁祝送大家，要对大家说——早恋没有好结果。待到放学时，苗笛飘然而至，果然，他恢复正常，笑曰一个赞字。

闲闲度日，学校又不知道从哪儿丢过来几只大木箱，一伙人精力无处发泄，便玩起拼图游戏，用课桌，转椅，书架，木箱以及种种建筑废料拼出一个既目障又有路障的八卦阵，猛练起凌波微步。有天我和苗笛找人，却被困于八卦阵中胡乱打转，只闻笑声不见人影的。我等正焦躁，忽然听见阿卜在外面一本正经的悠悠说：你们从死门而入，则必然是不可能从生门出来的。你们再退回出口，重新由坎卦进来，走至坤卦，便来到俺眼前。苗笛火大，恶向胆边生，随即抬脚踢翻两个木箱，又哗的推倒一个书架，曰去你妈的，听你乱扯才叫见鬼，你耍我一次，老子我打你十年。阿卜急急笑迎出来，讲：兄弟莫气，开玩笑的开玩笑的。几个人便又是一通乱喝。

雨势渐猛，大家用书架书桌搭起一个窝棚，钻入其中看雨，并随手挖出地上的石子向外弹，再点烟朝水幕里面直吐烟雾，渐渐的，也冒出一些莫名的愁绪，哀叹往常的好时光再也回不去（saudade* 是也）。阿卜讲，这图书馆是要快拆了吧。苗笛回曰你又不看书，伤感个鸟。阿卜摇头再讲你不懂你不懂，我乃是完完全全的不变更主义者，东西坏我也舍不得丢，何况这楼我可是看了数年有余。苗笛讲，狗屁，你勤换妹子。阿卜叹气，妹子归妹子，图书馆归图书馆，你不懂。苗笛遂嗤笑。

过了一会儿阿卜又心事重重说，夏天一到，白老鼠出生率好猛，怎么搞。我回，卖给陆元让蛇吃呀。阿卜

---

* 葡萄牙语，“乡愁”。

回陆元的蛇每两周才吃一只鼠，指望它，太科幻。我点点头讲，那你去找陈择，每卖一只，你四他六分成。阿卜曰，我三他七我也愿意，近亲繁殖好让人绝望，会不会有天我掀开木箱，发现它们生出一个怪物，能长到暴大，是个复仇与破坏挂的巨型白鼠，一脚踩平钟楼，尾巴横扫过汇文楼，再吃光所有人。我摇摇头：那是核辐射才能搞出的效果，你没常识。

讨论完这些有的没的，大家伸懒腰，好无聊好无奈。雨水侵入骨头里面，每年皆有这一时刻，什么都不愿想，想了也不想做，心里本来那热乎乎的一股躁动也似被雨水浇透，凉凉的。我们继续呆在废墟里懒得淋雨走去校门。阿卜盘腿，用手撑地，前后晃。晃一阵子，继续散烟，弹出一支给我。我即又弹回去。但是，我却任由被水汽弄得湿漉漉的烟雾先于眼前飘动，复进入眼眶中，直到我双目酸痛，好似，困倦欲流泪也。

2,2

图书馆丢出许多书至紫藤长廊，有些装在大纸箱里面，有些则就这么散落或者叠成一摞，搁在长廊的石头凳子上。早晨丢出来，还来不及挑拣，却又下雨了，水滴从紫藤层层叶子间落下，将书页泡得皱成一团，粘在一起。后一页纸的内容映在前一页纸上，那纸变成半透明的，显得密密麻麻不知所云。可我们不在乎，下课钟一敲便奔袭而至，在书堆里面挑挑拣拣。可惜，书都太旧了，无甚多可读性，大多是《家庭百科小知识》或《中草药基本常识》这种我们平时肯定不会借的。也未必啦，苗笛突然讲，哎，我借过这本《三十种淡水鱼饲养方法》。我不相信，他遂翻到最后一页的书卡，赫然，孤零零写着“苗笛，二〇××年九月十六日”，归还日期则是十二月二十号，超过两个月未还，记录罚款八元。我拎起书，又看一次，笑问他：你养什么鱼要看这书连看三个月。苗笛随口回，红烧鳊鱼，希望养大了它自己会红烧自己。扯得很。我们又趁上课铃声未响翻看那书，一大滴水珠从上方落下，啪一声打在我脑袋上，好凉，但我不理会，甩甩头，将细小水珠甩飞出去。我们翻到一页印有黄鳝照片的，我讲：黄鳝也算鱼哦？苗笛指着书上写的：“黄鳝：普通淡水食用鱼类，无鳞，可于鱼塘混杂蓄养。”我俨然还不太相信，苗笛又指：“……会发生性逆转……”好酷。我仍将信将疑，这种雌雄同体，变化多端的怪家伙和一般驯良老实的鲫鱼，鳊鱼或是鲤鱼放在一起，总有不太合适的感觉。

苗笛啪一声合上书，讲：可这也算科学书嘛，学校总不会买印有错误知识的书籍糊弄我们。

我说，不一定。于是随手翻开《家庭百科小知识》，呐，这类书几乎名字都差不多，每一家都会有一本，只作厕所读物或死马当活马医时方才使用，里面尽是一些莫名其妙的内容，可往往爸妈一看到就立刻五迷三道，比如我现在翻到的这条：

"治打嗝不止方：将右腿小腿内侧朝上，取膝盖到腿腹距两指的位置，紧压按摩三十下即瘥。"

读毕，会不会真的伸出小腿，一边仍源源不断吐气，一边坚持数数直到三十？就知你忍不住。反正就试试嘛，不成功亦不会变为永久性打嗝，姑且信之。

翻到第三百七十一页（这种书一般极厚），又来一次：

"打嗝不止的治疗方法：一般人认为打嗝会因突然惊吓或猛喝凉水而终止，其实不然，专家发现更为简易的治疗方式——保持深呼吸状态五秒（此间隔内不可打嗝），再猛然吐气后大笑三声，即帮您迅速免除烦恼。"

细读之下，两段话之风格乃是截然不同。第一种文风真也古朴，你看那个“瘥”（即“痊愈”的意思）可是上至唐宋方书；可那后一种却的确乐观向上，颇具说服力。然后，再翻至本书最末，一九八一年中国科学出版社出版，首印一万五千册。如此这般一本正经，言之凿凿，你信哪一个？

2,3

天气热起来之前的某日，图书馆吐出最后一批书。据阿卜他们说，同一天的夜里，超大流星锤机（真的叫做流星锤机吗）便开进学校，将图书馆几面承重墙与关节部位砸断，遂听轰一声，这建筑如此塌了。阿卜讲那大概是凌晨一点过十分的事，他当时并未睡着，正躺在上铺冥想，忽然听到一阵子巨响。阿卜感叹好难过，知道是图书馆毕竟不能幸免于难。那响声太巨大，以致他们那栋宿舍楼，连同整个学校齐齐颤抖起来。他翻下床，穿上拖鞋踢踏跑到底楼去瞧那箱白鼠，跑到一半仍能感受到楼梯仍在摇晃。似乎碎砖块，断钢筋，混凝土残片仍于不远处暴雨般狂落而下。待他终于站定，掀开木箱，看到那一窝白老鼠也被响声震动所惊吓，竟在黑暗里面一动不动。真的没有一只动弹，阿卜讲，每一只都紧紧伏于箱子底部的木板上面。等他掀开看了片刻，它们方才挨个站起身，鼻翼抖动，却仍是半点声响也无。无声无息中，几十上百双红色眼眸闪闪烁烁。

第二天早晨，工人将图书馆的废墟全盘围起来，欲逐步清除残骸。并无下雨了，粉尘轻飘飘的，飞得到处都是，关上窗也没有用，它们好像能从各处缝隙钻进来，扑啦啦像是正在飞舞的粉蝶，扇动翅膀停于我们的头发与课本上面。有时候老师刚在黑板上写下一行算式，这些蝴蝶灰尘便扑上去，使整块黑板都变朦胧。它们也落在眼睛里，我不想让人帮我掀开眼皮吹去，反倒用力睁大双眼，任由没有意义的眼泪聚得整个眼眶都是，便可以带着灰尘流出来了。接连几天，有更多废弃的桌椅被运向不知道哪儿，图书馆草坪边散落许多原先的图书卡，被人践踏得久了，只依稀可见宋体抄写的书名的几个笔画。

我在最后一批书里面找到阿西莫夫机器人短篇小说集上册，下册不知所踪。以前听崇学讲起两次机器人的三定律，我仍然记得很清楚。第一：机器人不得伤害人；第二：机器人应服从人的一切命令，但不得违反第一定律；第三：机器人应保护自身的安全，但不得违反第一，第二条定律。我听得崇学说：这个是我的人生准则，因为我经常觉得自己是机器人。我猜他一定蛮爱这本。

于是，我转向苗笛，问他：刚在挑书时，你有没有见到谁拿了下册。

可苗笛却说：我翘了一节体育课提前把所有的书翻过了，没有见过下册唉。唉？这是科幻小说耶，也说不定图书馆丢它之前，就有人借走了下册未归还呢。

我翻看书后的借书卡，最近一次借阅是两个月之前了。借书者是高二某人，那家伙并不难找，是个胖男生，邋邋遢遢的，我在走廊上面抓住他：你是不是借过阿西莫夫短篇小说。那男生吓了一跳，混混沌沌讲：好像是吧。我又说，你借了上册，有没有借下册。男生抓头曰记不得了。我切一声：有没有看过你也会记不得哦。

他却翻了翻眼睛，回我说道：那么多书，那么多句子，我干嘛要每本都记得？

我没再追问，只不过心里也回翻一眼，想，你这都记不得，那还读个鸟。然后我转过身去，丢出一个“哦”字，闪走。走了几步，我又暗自叹气，怪不得他们首先拆除的是图书馆呢，但若我是图书馆，干脆先自行倒掉，反倒落个干净了。我喜欢图书馆里桌子的木头味和纸张气息混合一处，尽管那没什么特别的，只不过是灰尘与旧纸固有的味道罢了。有时候，体育课上到一半，我就从跑道上径直落跑，直上图书馆二楼，从侧门进去，管理员懒懒头撇我一眼，又低头去练习抄写宋体字了。他从不问为什么有人在一堂课的中间来到图书馆。而我刚跑完步仍心跳不止，无法立刻读书，遂把书垫在桌子上，耳朵放在封面上，如此，听见字纸鸣叫。字与字互相撞击，真确的知识与捏造的知识互相撞击，还有书名与书最后一页卡片中借阅者的名字互相撞击，躁动不停歇。

另外的时候，我将书借出来，躲在紫藤长廊边的大灌木根部空隙里面读，或者晚上跪在小床边的垫子上面读，这时刻，我会因为某种秘密感而忍不住发笑，假装自己是书里面的一段话，或者哪怕只是开头某个字的唯一阅读者。我又明白这超傻，因为我早就翻看过卡片，看有没有人与我读过同一本书。大部分名字闻所未闻，偶尔也会有本年级的老师与学生。如果操场闲晃时碰到其中某一个，我就忍不住想，嘿，我认得你，两个月前你也借过这本《成吉思汗的宝藏》（这是一本游戏书），那么，将正确选项都标注出来的鸟人是不是你——图书馆大概是我与学校大部分人的唯一联系所在了。可惜它一旦被拆，这仅凭一张书卡便可秘密交流的荒诞浪漫便不复存在，可偏生最后拿到的那些丢弃不用的书，不是少了一页，便是上下册缺了某一本。好难补全，想到便更让人难过。

我又晃到崇学他们班，跟住一个女生问：钱崇学在不在呢？

那女生回头瞥一眼崇学的空桌子，讲，好几天没看到他了。

我心中又失落一阵子，便愈发想要找全阿西莫夫。像是固执要往地图上面再拼一块，却忘记那只是一本书而已。

2,4

我在一个傍晚走去南都旧书店，出校门向左沿中山路行进一小段，拐入广州路再向随家仓前行。夏天来临，傍晚更嘈杂，路上来来往往皆下班骑车回家的人。虽快要下雨，可仍有一只太阳裹在积雨云中，光线斜斜照射于我的头顶，汗水滚滚而落，又因书包挤压，像是要融到背脊里面。路边树木的枝叶间已有夏季的第一批新蝉胆怯鸣叫，在我耳中鼓动出一片沉闷噪音，如同在水中，而这些发出声响的，在身边移动的，皆隔着水波直直摇晃一般。

我才不理会身边的虚拟水波，在未抵达随家仓精神病院前的一个缺口，便一个侧身，绕过数辆3路公交车（书店就在3路公车站内），进到书店之内。这瞬间，好像是由水走入密度更高的某种液体，周身的空气比外面更要沉闷粘滞。只见，眼前无论何处，都被书塞得满满的。书店老板坐在门口，正继续把他回收而来的各种纸张书簿一堆一堆摆整齐，打算在店里随便找个空隙，一塞了事。可地上，书架上，包括垂直空间，哪还有半点地方？于是他找了一圈，最后只得来到我身边，叫我挪一挪，将这堆劳什子往我脚边一放，便走开了。寸步难行，屋内又昏暗，我踢开一堆不晓得是什么的书，又在另外一堆之中上下乱翻。翻了一会儿，毫无头绪，手掌倒沾了一层黑灰，不知这些书在此处存放了多久。我找出本《冷兵器知识》，还有十几册根本是全新的《周易正义》与《推背图》，另外兼有二三十本一模一样的野鸡出版社出版的《八大山人绘画全集》，将朱耷的画儿全数缩小成手掌大小的尺寸，印在一本薄薄的册页里面（怪不得卖不掉）。之后又一本《敦煌古俗与民俗流变》，落入手，翻开一看，里面密密麻麻全然是看手相面相和解梦，共有七八十张手掌，其中一张上面画了七粒黑痣，曰，掌中有此北斗七星黑痣者帝王之命，朱元璋脚中亦有此黑痣，为开国皇帝也。

我动了动肩膀，累毙了。

从未被这么多书包围。

书店极大，却只有一管白炽灯滋滋闪动着昏白光线，几十个排书架连同充满纸张的空间延伸开去，逐步隐于黑暗。电扇在远处摇曳，转得好慢且已经丧失了摇头功能，只往一个固定莫名的方向吹着小风。我在书店深处，满身是汗，衣服贴在身上，好茫然蹲于一座废纸山的山峰。耳中仍有噪音，好像是这无数的书在争着张开细小的嘴，要朝我倾吐内里纸张上的全数铅字。这时候，外面雷声轰鸣，阵雨来了。我朝门口望去，水雾争先恐后涌入。屋子内外的光线好相像，都为沉沉的一片压迫之色，就是那种噩梦里的背景色。喏，刚才的那本敦煌解梦书里这样写：梦见大雨，初夏吉，秋冬凶。梦见纸张，吉。可是妈的，搞成这样，让我如何寻那阿西莫夫下册的下落？

我又黯然，这些拥挤在一块儿的书，不管以前曾经被什么样的人读过，沦落到这地步，一定少有机会再被翻阅了。嗡嗡声犹在，我想，便由得它们趁此机会吐露一些心声吧。我遂闭上眼去听，书太多，语词太多，又混着外面的雨声，渐渐，我什么都听不清了。

雨下得更大，书店老板赶紧又挪进一堆书。这一堆却有点条理，统统是地图集。最上面一本是折叠彩图大开本版的《外蒙古全图》，然后又跳到《山西的名胜古迹》。我随手翻看，问老板："你这些书都是从哪里买的？"

老板仍低头摞书，回曰："地方多了，废品收购站，垃圾站，学校图书馆。"

"那有没有阿西莫夫短篇小说集？"

"什么，阿莫西林？"

没什么。我摇摇手，不讲话了。早在我来南都旧书店之前，若瓦便提醒过我（她去找素描教材），她说：去了也徒然，你会发现，从来没有一处会有那么多书，但也从来没有一处像它，你在那儿找不到任何想要的书。南都旧书店沾了随家仓的念力，是一个非常神经病的所在。

唉。我叹气。暴雨如注，带来凉意连同水汽，先是顺着我的双腿向上攀爬，又因为转向的风，直接打在我脸上。

那堆地图集中，有一本硬壳封面的我蛮有兴趣，名作《郑和下西洋路线图考》。我先将它夹在手臂下面，继续翻找。隔了几本，我发现了一册薄薄的打开只有一页纸的地图书，名字是——《居民必备人防手册全图指南》，印刷时间，一九五四年，出版社不明，倒是封底有一行小字：人防办公室免费发放。书的封面已卷曲发黄，然而，图画倒很清晰。正面在教如何使用防毒面具，以及怎样破坏简易炸弹。我记起学校曾经也发放过一本类似的书，名字差不多，叫《人防手册》，一百多页，大部分内容讲的是如何辨别以及躲避最新的毒气，其中反复强调沙林毒气是神经性毒气，有一股烂水果味。大家读了以后便疑神疑鬼起来，只要在教室吃梨子苹果香蕉，就会有人紧张兮兮问说是不是毒气来了。苗笛和我还用活性炭与毛巾做过一个简易的防毒面具，上课拒绝发言时便戴上。一直过了好久，全班才忘记这件事。这一本没提毒气，却是在反面印了另一张地图，地图是手绘的，比例是 1cm:1000m，题为《本城防空洞一览》，字也是手写的。我手指顺着地图移动，就着天光仔细看，诸防空洞之地点，地图上面皆用三角形标注出来。依次是，鸡鸣寺，中华门，汉中门……嗯，再绕至……虎踞路，五台山，广州路……中山路原一〇一女子中学，咦，东课楼？

我有点迷惑，将这本小书重又折叠，夹入《郑和下西洋路线图考》里。老板略略瞥一眼，讲：五块钱。

付了钱，我伸头又往外望，雨势仍未有停歇之意，密密伸展出一片灰色反光，正巧一班 3 路公交车将走未走。我遂将硬壳封面的地图考顶在头上，冲入雨幕，盲目拦下那车，便随之去也。

六点过五分，公交车行驶缓慢，于这飘荡之水中央漂泊。我坐最后一排，几站之后，上车的人渐多，将车厢挤得满满的。大家头发脸庞俱湿透，肩膀衣服被淋成透明，手中雨伞垂下，水滴嗒嗒嗒落在地上，也落在旁人的裤子上面。我缩在座位角落中，将头靠在车窗上，另有一种安逸。雨直落于车窗，又沿着玻璃降下，世界模模糊糊像在融化好虚弱，车外的人变成水面倒影，随光线忽进忽退。我晓得 3 路公交车是一班环形线路的公交车。我和若瓦曾经趁今年新年晚会时偷跑出来，妈的真的冷死了，零下十度，没有风，天空却源源不断播洒冰片，落下来粘在头发睫毛上，久久也不化的。我们不想在教室呆着看语文老师唱歌和其他同学表演无聊节目，也不想去网咖打游戏，便沿着街道乱走。我们当时并不知道，平行时间内，苗笛阿卜他们带上棉被，趁对面人民中学也在开联欢晚会，将几个小杆子诱出教室，蒙上棉被劈头一阵乱K，创出新年伊始第一场完胜。不过，即使是知道了，大概也不会去凑热闹吧。不晓得你会不会有种感觉：往往在人声鼎沸好热闹的时刻，你偏生出某种孤独，然而心中却又酸又喜，仿佛走出去，离开那人群即得到了自由，世界便是你一人的。当时，我与若瓦就那样的感觉。十点钟街上空无一人，也对，这样的新年夜晚，人们多半不会出门了。我们冻到惨，走一走便莫名跑了起来，大概是妄图增加一些热量，呼出的白色水汽总是遮在眼前，模糊视线，超迷幻，跑跑跑到师范大学的教学楼里上厕所。新年的厕所也干干净净一股雪味儿，我遂在里面高歌一曲，若瓦笑讲你这人好疯。我则哈哈哈不答她。自师范大学出来，绕回随家仓，恰逢最后一班3路车将开不开，我们跳上车，车上只有我二人，车开得飞快，司机得空问：这么晚坐环线甚有意思是吗？我与若瓦讲，是了。司机又笑曰，一年中我只见过四人这般坐车。我们也笑，真的吗，好不好约出来打桥牌。司机加大油门，闲闲说，除了你们，另外两个都是旁边医院出来遛弯的神经病。说话间，我们浮光掠影经过——南阴阳营，玄武门，鼓楼，大行宫，四牌楼，即又转回广州路，五台山，最后，返至随家仓。

眼下。则完全是另外一种光景。周遭的人挤压我，可我当他们不存在。反正大家一起被困在雨中车里，失了自由，我不在乎，我与他们没有任何关联。他们眉毛眼睛鼻子嘴巴翕动，我却听不到任何声音了。雨仍在，车转弯又转弯，快画出一个歪歪斜斜的圆形来，周遭景物仿佛看过一千遍的画片（还记得我从卖鸟陈择那里买的西洋景小玩具吗），缓慢粘滞的滑动过去，喔，哪怕过去，也仍在视网膜上拖拽出一条色带来了。就这样，坐了一轮回，却像是完全不曾移动，我又在随家仓。不想下车冒雨回家，仍呆在座位上，司机讲：再兜一圈吗？那再投币一元。我即找出一元硬币，咣当投进去。循环游戏重启动，车又离站，七点十五分。

我打开人防全图指南，车晃太厉害，看得不甚明了，我也就不再看了，又不晓得在胡思乱想什么，想困在这个封闭空间，永远循环往复与人隔绝，也不是完全隔绝哦，如果苗笛，若瓦，阿卜他们想找到我，那登上这一班车便好了，另外的人呢，除了爸妈，他们一定接收不到我的生物讯号，只把我当一张座椅了，且看我躲得多好。于是我又想起崇学，想到今天去南都旧书店也没找到阿西莫夫，如此浩瀚书海，我不可能找到一本也同样旧旧的，被不知道多少双手翻阅过的下册了。还好，反正崇学也不会晓得我做过这种徒然蠢事。否则，他一定会笑我感情用事。如果你要隐藏，怎可有如此充沛莫名的感情每日无法消耗殆尽却也如此不知疲倦？车在莫干路停下载客时我这么想，车从玄武湖边缘堪堪擦过时，我复又思索机器人三定律。

一，机器人不得伤害人。

二，机器人应服从人的一切命令，但不得违反第一定律。

三，机器人保护自身安全，但不得违反第一，第二条定律。

身为机器人的崇学见到自己的魂魄缓缓上升躲藏入树梢。机器人怎么会有魂魄呢？我想着，公交车里聚集了大量水汽压住我的呼吸，让人又紧张又迷惑。是了，机器人一定是崇学生病的身体罢了。魂魄与身体抗争之后才会有这样的遵循定律的想法吧。没有其他办法，就只能玩起躲藏的游戏来了，魂魄是“人”，身躯是“机器人”，原来疾病才是没有办法摆脱，又没有办法停止的迷宫程序与筹码。机器人崇学每天带着魂魄躲来躲去，一定好累。

水汽继续拥过来，沾湿我的面颊与衣领，让我无法呼吸动弹。我只好放任自己随车流转。一股气流上升至心脏位置便不再移动。我还应该再想些别的，或就像以前一样一向懒惰，从没有习惯去揣测他人的世界就好。我遂躲避起自己视线所及的混沌断层与那些飞散的思绪。这样会不会更轻松呢。可是，气流随内脏运作而膨胀的感觉仍在，这时候，我记起一九八一年中国科学出版社所印刷的《家庭百科小知识》上面治疗打嗝的两条偏方，猛压腿，或是猛呼吸，我要信哪一个？

3,1

吃午饭的钟点，阿卜来马里亚纳海沟找我与苗笛。

苗笛嘴里咬一根鸡腿，笑说，阿卜你怎么一头白灰。我是近视眼，也凑近去瞧，果然，阿卜头上的小卷发里面粘了好多石灰与油漆。阿卜狂拍头，讲，操，这屌学校现在混乱毙了。俺刚从拆除小礼堂的工地里出来。我们感叹，拆楼大抵是我校的最佳事迹，有条不紊，进展迅速。原先在这凉亭里吃饭，向后面望去是图书馆，可现今只有空地，真可谓眼见它楼塌了，一周之后，便是白茫茫一片真干净，好视野。阿卜不搭这话，讲：烦不了，这东拆西拆，我那箱白老鼠要出事了。苗笛凉凉说，奇了，你那箱小伙伴到现在才闹事，也算好给你脸面。阿卜回，你莫剽我。学校连拆两栋楼，都是夜里轰轰天打雷劈，陨石不断的架势，那白鼠群觉得自然界里有大威胁，求生本能骤起，想以数量取胜，繁殖速度大增。苗笛嘿笑，那你加紧出手啵。阿卜皱眉，连对面中学的女生都人手一只了。苗笛又说，过两个月七夕那天，你一对一对卖吧。阿卜要笑又笑不出来的样子。我们三人凑头商量，最近也不见那卖鸟货郎陈择了，不然下午逃学去那夫子庙寻他吧。陈择专做分销动物的事，冬天卖小鸡小鸭，夏天卖蝌蚪白兔蚕宝宝，必定有办法。

我急急走回教室，喝了口水，搜遍书包里零钞硬币便要闪人。同桌女生忽然悠悠拉住我，埋怨道，你最近逃学超多，我半分好处没有，却还得帮你撒谎，上上周说腹泻，上周说头晕，这周又要编个理由，你自己来编。我说，就说我有紧要事啦，真是实情呀。遂闪人。留她一个“切”字在口边，赶不上我。

周三下午，苗笛他们班级先自习，后体育课，我们班先体育课，后自习。而阿卜一向口碑极差，活闹鬼缺课王，神龙教教主（取神龙见首不见尾之意），老师对他不再抱有期待，无所谓。权衡下来，不逃学都觉得可惜。

我们遂直取1路公交车，坐到底站，便是夫子庙。到了夫子庙，先一头扎进花鸟市场找陈择。市场极狭窄，仅容一人通过，我们三人依次进去，各种动物气息混做一堆，手肘尽头即是黑压压的鸟笼山，秀眼，金翅，虎皮鹦鹉，八哥挤在一起，见到有人来，一阵骚动，发出嘈杂尖利的叫声，接着羽毛乱飞，落得满头都是。苗笛往右边靠一靠，猛然发现只与一大盆蠕动的面包虫相距二十厘米，惊得喔一声，立刻被我等耻笑。阿卜有心事，他晃到一处专卖鼠类的摊子上问，老板瞪眼曰，谁知道你那些老鼠有没有打过疫苗，白送我我都不收的。阿卜不语，暗骂。

每次去花鸟市场，我都是心中好慌乱，大概是被身旁所有动物的慌乱感染了。小狗乱吠，金鱼像触电，神经质的一群群迅速游动，白鼠仓鼠则盲目在一个个转轮上面永无休止的跑动，飞禽总扑啦啦飞撞在一起。这一切太像被拧快发条的玩偶游艺会。好在，找了一圈，陈择不在，不用久留，我松了口气。

货郎都飘忽，在这城里逡巡游走，四处闪现。夫子庙也算是货郎们集散地。其中总有一处地点（往往也是不固定的，但始终在夫子庙五公里直径的圆周上面移动）供他们歇脚。寻寻觅觅间，我们又钻出花鸟市场，朝江南贡院走去。

江南贡院是古早时期科举考场，如今都是外码游客才过去看。我还是十年前学校组织春游时进去过，里面几乎什么都没有，只有新造状元的蜡像端坐在考棚里，执一支破烂毛笔，好枯萎。另外玻璃柜台里面放着三张考试卷，分别是进士卷，举人卷，状元卷，外码游客看了便纷纷说，还是状元卷的字好看。我回家问老父，真的好看吗？老父咳曰，不好看，馆阁体有甚好看。

眼下，贡院门口只散落三个货郎，卖修脚刀的，卖麻糕的，卖江南葫芦丝的。见我们朝他那方向望去，那个卖葫芦丝的遂拿起一根自家的乐器，吹春江花月夜。远远的，河水臭味飘来。我们百无聊赖扫视四下。我觉得有点饿，掏出零钱请苗笛吃油炸里脊肉串蘸好多辣椒粉，阿卜不能吃猪肉，就只能在一旁干看着。我们遂在贡院门口坐下。

真奇怪，之前在学校里，总觉得好忙，不仅要接连上课还得做作业小测验，一直想要是逃学那可以去做好多事。可是等到真的逃学落跑出来，又会觉得无事可做。只剩正午白热鲜辣的太阳始终追着后脑勺照射，心中一片空落落。我，苗笛，阿卜就这么坐着，吃里脊肉的忙着吃里脊肉，啃手指的啃手指。怎么会出来前那么确凿认为来到这里便能找到陈择呢？大概是幻想货郎们之间都有暗号吧，比如，如果我们问，那一个又卖零碎物品，又卖搭配动物的人在哪里。其他货郎就会会心一笑讲，喔，他目前 location，牌坊。我摇摇头，又笑自己扯。

正闲着，苗笛忽然手一指，说哎那边有一个流动帐篷。流动帐篷与货郎同种性质，都神出鬼没的，不晓得会在哪里突然闪现一下子。我们谁也不曾进去看过，超好奇，于是走近观察。只见一个巨大的墨绿帐篷，门口竖了一个纸箱裁成的牌子，上面歪歪扭扭以破字写着：

喷火吞蛇，双头奇女，大变活人，闻所未闻，见所未见，大开眼界，一人两圆。帐篷门口站立一位穿着背心，裸露双臂的年轻人，我们清楚看见，那双臂上分别文了左青龙，右白虎，青龙蛇一样软绵绵，白虎好像是白猫。阿卜作为活闹鬼新生代，不由露齿一笑。我们伸头想要看看里面有什么厉害物事，可入口处挂着一条厚厚的棉布帘子，将那内里光景遮得严严实实的。

我们进去的时候，吞蛇正表演至最后一个环节。一个面黄瘦削的男子将蛇从鼻孔里面塞进去，又从嘴巴拖出来。一边塞一边咳咳发出干呕声。我打量四周，除了我们三个人，有一个老头坐在右边的位置上，一对青年男女坐我们背后，还有几个木讷的中年男子，穿得灰扑扑的，脚踝处露出一截泛黄的白袜子，皆目光愣愣。我又数了数，整个帐篷共有二十个座位。刚数完，听到吞蛇人闷声一响，将蛇吐在地上，又不知道从哪里摸出一个瓶子，喝了一口瓶子里面的液体，点燃打火机，呼啦喷出一片火舌来。苗笛歪头看，阿卜抱着膝盖翘起嘴唇，帐篷里光线说亮不亮，说暗不暗的，表演越来越诡异，那男子不知道从哪儿掏出四条蛇，扎紧裤脚衣袖，将蛇放入衣服里，作惊恐状，在台上扭动起来。然后，背景音乐播放，乃是一首热辣舞曲，男子动作越来越快，随曲起舞，透过衣料，分明能见到四条蛇在窜动游走。台下唯一的那个年轻女子突然一声尖叫，将面庞伏在男友怀中。老头纹丝不动，中年男子群的表情亦未改变。终于，到了舞曲最俗辣的那段旋律，我，苗笛与阿卜再也忍不住，大笑出声。

台上的人顿住，有个报幕的声音从脑后的喇叭里响起，下一个节目，观众们，你们是否已经等得焦虑，好的！请不要心急，不要心急，让我们热烈欢迎世界上最特别一对姐妹，她们的身世让人惊奇，她们的遭遇使人困惑，无论如何，萍水相逢总是缘，相逢何必曾相识。让我们以热烈的掌声欢迎，阿梅与阿兰姐妹，请鼓掌！

我们使劲鼓了掌，可现场的掌声仍稀稀落落的。半晌，先前的吞蛇男子又出场，他的表情是一种奇特的冷淡愁苦，好像刚才激情表演的是另外一个人，只见他推着一个极大的花瓶到看台右边，花瓶顶端盖着块深绿的丝绒布。男子鞠了一躬，便将布掀开，下面赫然是两个女生的脑袋。接着，左边的脑袋转过去，对右边的脑袋说：姐姐，你好吗？右边的脑袋答：我很好。

录音里那个报幕声突然又出现：这就是阿梅与阿兰

了，让我们再次鼓掌欢迎吧！

这次连鼓掌的人都没有了。台上男子无半点报幕声音里的热情（但他们的声音是一样的），喃喃说：可以问她们问题了。

我想看清楚那花瓶到底有什么猫腻，但现在回想起来，总觉得迷迷蒙蒙，可见当时看得并不十分真切。台下一片冷清。花瓶双头姐妹花长得一点都不像双胞胎，她们互相问了你好之后便不再开口了，等我们往台子上面扔钱后酌情回答。

有三个问题，我们反复夹在一堆寻常废话里面问的，她们就是不开口，最后，几乎花掉身上所有的钱，也没问出个所以然。显而易见的回答早就忘光，只有那三个问题，连同帐篷里的光线，一并留在脑回路中，变成某种背景色。

阿卜抛出一块钱：你们为什么会这样。

苗笛锲而不舍，继续追问：你们从哪里来，然后，会去到哪里？硬币滚动于台上，叮铃铃一串响。

怎么可能有答案。

而自帐篷走出时分，天光大盛，时间仍在下午一点的炙热中不曾移动。我们一路行至三山街，谁都没开口说话（或许有，说不准我忘了）。之后好久，我似也问过苗笛与阿卜。

他们却都摸摸头，对我讲：是哦，我们曾经一起翘过课看过那么庸俗的表演哦。

3,2

躺在操场边的看台，五米高的上方是梧桐树的枝叶，我快要进入一个招招摇摇的梦。梦中视线晃过操场上面三三两两走着的人，被树叶覆盖的学校，正在天台百无聊赖抽烟的阿卜他们，若瓦正盯着线条变化的肢体，还有乒乓球桌上弹跳的小球，小球是黄色的，弹起落下，嗒嗒嗒，在我闭着的眼皮下面放大成为从枝叶间落下的太阳，眼前便成一片耀眼空白，接着，空白落到地图上，标记出已经被完全拆除，一点痕迹也没有留下的图书馆与小礼堂，延伸渗入视网膜，在层层混沌中侵蚀出巨大裂缝。于是我睁开眼，被真实光线闪到怔忡。苗笛就躺在不远处，翘着腿，将那幅《居民必备人防手册全图指南》举在眼前，仔细看那地图。

“鸡鸣寺旁边的防空洞我去过，就在素斋馆子隔壁，夏天开放给附近居民乘凉。就是一个山洞结构，进去空间极大，好多老头儿围坐打牌。”苗笛闲闲说。

“那其他的呢？”

苗笛曰，未曾去过。他又说，南都旧书店里面宝货真多。我回家问爸妈，他们都没见过这图。我回：五七年我们爸妈还未曾出世。妈的，历史太久远，让人无处追问。苗笛颔首。他接着钻研：既然东课楼在图上，那说明它也是人防建筑。有两个可能，一是它有暗室夹层可供躲藏，就像我们以前看到过的那样。二是下面真的有地道，各种版本的校园传说都这么讲，这么看，也颇有可取之处了。我叹：原来厕所最后一个洞真是连着地下通道的。苗笛回，不合理，厕所应该是连着下水道。我讲，那么下水道会不会连着地下通道。反正这城地下河流系统超复杂。苗笛没再开口，盯着图沉思。

过了几分钟他说，你来看。我们遂盘腿坐起来，一起瞧那图。苗笛手指下面地名下方的图标，讲：鸡鸣寺的防空洞是图 1 对否。这里圆圈中有个阿拉伯数字的 1。然后，虎踞路这里是 2。如此类推，只要是有人防措施的，皆会用数字标注，为什么东课楼下面没有？你再仔细看，并不是印错了，而是，它是和五台山防空洞合为一处的，所以只有五台山下面标了一个 3。

靠，我喃喃说。

苗笛又曰：事实上，我们学校离五台山并不远，搞不好真的有地道把两点连在一块儿，呐，还有一处奇怪的地方，你看，这张图标注了所有防空洞之间相连的路名，比如，五台山防空洞旁边是广州路，然后转上上海路，才上虎踞路，怎么走清清楚楚，为什么唯独东课楼五台山之间是一片空白？

他看着我，而我呢，盯着看台上面的塑料层。这没什么不好理解，我想，就如若瓦所说的：

“我只画我看见的，我不画我看不见的。”

3,3

放学时分。我先去干河沿薇薇书屋借了《慈禧全传》的第七本，遂直接从书屋后墙的缺口进入死角。我将书包先从缺口处塞进去，然后整个人，哎嘿，过来了。抬起头，发现苗笛阿卜他们已经在了。阿卜坐在一张破桌子上面，手指夹根烟，耳朵后面又别一根。见我走近，弹出烟放到我面前，我摇头，从书包口袋摸出茶叶蛋吃。

操，阿卜有点忧愁的说，不把老子当朋友。我曰，乖，下次也买个茶叶蛋给你吃。自从从夫子庙回来，阿卜不太开心，他的白鼠按平方速度繁殖，很快，原先木箱装不下了，前阵子他已在小礼堂的拆迁废墟中又寻得一个木箱，目前已将鼠群分了一半过去。阿卜讲，怎么办，不想卖给学校，最初养的几对便是从屌解剖课上解救而来，现在要把人家的曾曾曾曾孙子孙女们再送入火坑，不存在这道理。它们的老祖宗还在呢，我专门用个好笼子养在宿舍里，如果它可以长白胡子，一定好长了。

屌，夕阳斜入树顶，我，苗笛等诸人皆叹气。

苗笛讲，阿卜，我陪你走一根。

遂也跳上破烂课桌，自己取支烟，点燃，长吸一口。

阿卜不语。众少年沉默吐烟，少顷，待按灭烟头红点，阿卜讲，五台山防空洞里面被一群小杆子占着，与我们不是一路。

苗笛曰，嗯。

阿卜又说，一群搞 punk 的喷筒型少年，超跳超不羁，不过就是英语不行。滚，苗笛回他，你坏死了。阿卜耸肩膀哧哧笑，指着苗笛曰，你讲你讲。苗笛遂说，喔，听我一句，我年少无知把一个妹子，各种烂招都用过，妹子巨冷漠，我没法，带她去听防空洞地下乐队演出，他们真的在地下，underground 你懂否，妹子拉着我的手站第一排，上来一伙人，看来不矬，吉他噪音，在台上跳跳跳，歌词就算了，反正歌词不重要，重在氛围。我心里也在跳，当年好纯情。一曲唱罢，乐队主唱拎起吉他摆了几个 pose，酷，自报名号。我见妹子听得欣喜，便在一旁奉承抬轿，讲，这乐队好不容易，不是本城人，千里迢迢来演出，赞。而且，名号不收敛，直截了当说明籍贯安徽，更中英夹杂，安徽 jerks，怒赞。妹子晕乎乎说是，又拉我手。两人尽兴而出，气氛对了。出门见到地上一张宣传单，大照片加大字，屁的安徽，人家字号是 angry jerks……是不是菜英文？

我翻个白眼，回，为人要宽容。

阿卜抽笑：讲正经的，你们去中山大厦员工餐厅吃过饭没？

隔日中午，我们三人各自找理由提前二十分钟出了教室，一道去往中山大厦。中山大厦位于学校左手对面的街角上，一晃就到。我们爬上二楼，员工餐厅空荡荡，员工未曾下班。据阿卜说，此餐厅招牌菜色，一，红烧肉，二，不掺淀粉的大肉圆，三，熏鱼。真相是，其实每个食堂不管多难吃，都有会拿手的。我校食堂，招牌菜色唯独麻团油条两样而已，因有一句俗语如下：给我一根 JLHS* 的油条我就能撑起地球，但支点须是 JLHS 的麻团。

边胡扯边走到窗口，一块牌子上书：今日主菜——熏鱼。阿卜将脑袋伸进去，翘起嘴唇笑得好灿烂，厨房里面一人遂也笑了。

阿卜曰，hi，小林，好久不见。

那小林正是负责熏鱼的大师傅，戴了个白帽子，与阿卜一样是回回，厨师衣服下面穿件花衬衫，手腕上绑条皮带子，卷发扎在白帽子里面，骚包。小林本在人民中学门口卖流行歌曲磁带，五元一盘，可能我们皆有光顾。后来他由军人俱乐部进了一批广东过来的盗版外国磁带，俗称港版，封面怪怪，一个抽象女人拿枪（Stereolab），或又印有一肥白婴儿手持冰淇淋望天（The Cure），他忍不住拆开一张来听，听完心中颇有所悟，便不再每天都卖磁带，隔三差五去到防空洞，厨师白衣服

* “金陵中学”的英文缩写。

一脱，穿花衬衫打鼓。厨师当鼓手，稳赢的，阿卜说，打鼓与切菜必要条件，开腕，手腕越松越好。

阿卜又点头：带兄弟们吃饭。回头上防空洞玩好不好？

小林嗯一声。喂我们吃熏鱼。每人三块。

于是，我和他们一起跑到最角落的某张桌子上猛吃，以巨快的速度连吃两块。熏鱼经过油炸，金黄黄，又被卤汁浸泡至发软，口感好甜。吃到第三块，我突然吃不下了，转头看苗笛，见他正勉强吞下最后一口，喘得慌。阿卜吃得齁住，要抽烟。我们趁人还没多起来，又游出食堂，靠在大厦门口等小林下班。

太阳被梧桐树遮掉大半，热风从树底下吹过来，这时学校方才下课，远远钟声传来。原来在这里也能听到钟声，更温柔。我心底一软。街上仍是很多人，仍是来回往复的，在困倦中，我心里又有难以言说的情感，因我不由暗暗想，这路上的人是听不懂钟声的，甚至他们根本就听不见它的。旁边两个家伙脚踩假山栏杆，不晓得在玩什么，反正上窜下跳蛮起劲。我忍不住打了个哈欠，他们会不会也像我一样，好久以后也记得这个微弱如钟声一般，却又熟悉的梦呢？

4,1

许多地点的名字模模糊糊，并未及时更改，太古旧，或在时间里停留过长，逐渐变成我们都不懂的词了。比如三步两桥，其实，你走数百步也未必能看到桥；拉贝故居，只是一处孤零零的房子，拉贝是谁没人要知道，某日，房子里架起锅，变成卖粉丝汤的小店了，我们遂在那儿吃了足有三四年，后来听说粉丝里面明矾太多，吃多会好笨，才颇为后悔拍拍脑袋，感叹，原来记忆力太烂都是年少无知种下恶果；另有小粉桥，乃为一条小巷，打拉贝故居门口经过，通向国立央大，亦不存在粉色小桥，走到头是间铁皮屋子，防空洞的摇滚咖们买打口磁带和 CD 的宝地。有时候，另一些地点足够幸运，它在记忆力变得更差以前，便离我们而去，倒于脑中留下无法修补的小洞。也不晓得洞有多深，只是，那缺口好小，可能和针尖一样小吧，由着曲折路径，在漫漫神经里打开一处黑夜。

阿卜说，就像将脑袋放到讲桌桌肚里，睁眼，耳边是混沌声，眼前一片墨灰，因光线从耳边投下，你还能看到一个轮廓；又闭眼，光线冲突之间，视网膜上显现轮廓的叠加，方盒子连着方盒子，延伸而出。他想到鼠声鼠眼——就似那嘈杂的，无数视觉芯片被放在一处了。所以从一只黑箱子中，亦能看到此般迷宫。

东课楼快要消失，然而在大脑某处柔软的凹陷角落里面又悄悄打了一些地基，全托赖记忆的自动机制。某一天我路过那处，是不是一瞥之间仍能看到楼的影子呢？还是，它就隐没到阿卜说的方盒子垒成的不知名的哪里，好难讲。我在街上闭眼，头顶的梧桐树叶子已长得很大，绿色透明，一些闪耀的光落下，路面上尽是滚动的光圈，我踩着光圈懒懒向前走，初夏的风跑到前面去了。这瞬间，无法想象迷宫，我仅也在光流迁徙中漂泊起来。

漂走至浮桥，前方苗笛转过头诡笑（其实是陪他买盗版光盘《人肉叉烧包》的），再一瞥，我见到携带白鹦鹉的货郎陈择。

浮桥真的有桥，地下河终于显露了一小段。墨绿河水旁，陈择拎着一根细长竹竿钓鱼，旁边桥洞中，珠江路浮桥莲花桥段的清洁工热烈炒着菜，不远处还有弹棉花与修绷床的两人，穿暗色布衣服，面目不甚明了。车水马龙，恰似和这几人毫无关联。白鹦鹉正在架子上移来移去，我们靠近便嘎嘎一阵乱叫。

苗笛凑过去，想摸一摸它的翅膀，大鸟却异常暴躁，猛啄过去。

陈择丢下钓竿，上前安抚，然而那鹦鹉并不买账，扇动翅膀大闹，无奈一只脚爪被铁链拴住，只得扬起喙，又转向我。

我闪开，紧盯它眼，它有一圈淡蓝的绚烂眼睑，眼神中看不出什么，只是黑色圆形的两粒，好纯真。

我们在路边买蒸儿糕吃，苗笛无事可做，掰一块给鹦鹉，鹦鹉不理会他，别过头去。

陈择颇为得意：是不是特别好看？我拿所有的金翅鸟还有画眉和人家换的呀。

超凶的，你不怕它一嘴下去你的手就废了？苗笛羡慕，像猎鹰一样。

货郎又一笑：没关系，我喂它吃葵花籽就好了，现在我们不熟嘛，等熟了它就和我亲近啦。

正说着，有过路人转过头，呵一声，搭话讲：好大一只白鸟。然后，继续闲闲骑车远去。

墨绿色的河水泛起一股子刺鼻的味道，鹦鹉变平静，嗑葵花籽，在铁杆子上面散步。我们没回头，听身后链子的叮铃铃声。

我将糕饼掰碎，一片片飞弹到河中：水里面有鱼吗？

有的吧。鲫鱼？听说有人钓到过。

噢。

阳光投射入水，炫起一层金波，只有这时刻，内河才好看。

三个人便被这般金色深绿的摇晃光影闪到恍惚，久久坐在河边，任由时间与人流在背后点滴走动。直到，陈择讲，你们下午不上课噢。我和苗笛才慌忙站起来，还有几分钟午休时间便要结束。一路狂奔回校之前，仍要招惹一下鹦鹉，我脱下校服，卷成绳状，险险舞动。苗笛在旁笑说，你这人也忒无聊。我仍甩校服，笑而不答。鹦鹉吃葵花籽被打断，生气死了，发出巨尖的叫声，脚步移动加快，倒显得更为怂头怂脑。陈择看不下去，讲，别弄它了，以后我就与它相伴啦，它可是我兄弟。

那你不卖小动物了吗？

不了，陈择答，我便只做些小玩意儿的生意好了。

阿卜还想让你分销白鼠呢？

不做了不做了。陈择将鹦鹉架子抱在怀里，白鸟虽颇愠怒，却也用鼻子蹭了蹭陈择的手臂。货郎傻呵呵笑了。

喂喂，闪吧。

再不跑起来，下午第一节课要迟到啦，不过也没关系，多半是在众人的注视下走至座位，脸上扎着老师的凶狠目光而已，我又不是第一次迟到，每次都嘻皮笑脸，运起厚脸皮神功，贱贱归座，再佯装认真死盯课本，其实，正午的困倦还没走呢，脑中皆虚空。

沿珠江路跑两站路，别管膝盖关节处乳酸增加，腿变沉重，只要调整呼吸，尽量迈开步伐，我紧跟苗笛身后，再拐至中山路，斜侧身体，画个弧线绕过骑脚踏车小摩托的诸人，好生潇洒。到了学校大门，忽略值勤生，直冲进去，趁钟声大作前，一口气连上三楼，各自回班。这时候，尝到嘴巴里一股血味，心脏狂敲，好像全身血液聚在舌尖和上颚了，太阳穴嗡嗡震动，热气围绕头顶旋转。我们都是照死跑的，然后又在课上大睡，也不知道如此烧命算什么。

反正，活动区域也就这么多，加上防空洞，无非也就是人防地图上那小小一块。这一次奔到中山路路口，隐约的，学校大喇叭里正在讲些什么，声波扩散，我在出神，一个字也没听进去，我想，其实，也像任天堂游戏中的鱼，我们一群群疯游，撞到屏幕边就集体 biu 一声调转头，向着另外一边移动过去了，绝无逃逸的出口。放到现实地图里面，便只是东至浮桥，西至防空洞，上至央大，下至干河沿的地界吧。

我猛然向前，憋一口气，一秒也不停的上楼，早就把苗笛甩在身后了。回到座位时分，老师还没到，更难得的是，同桌女生居然不在，桌面空摊着一本闲书，直到讲了一刻钟代数，她才出现在门口，面色蛮严峻，不正眼看老师，径自走到我身旁坐下，将那闲书塞进桌肚，又劈里啪啦翻书包，拿出用彩色漫画纸做书皮的课本，方挺直身子，双目炯炯，似在认真听课。哈哈，我太清楚了，十有八九她脑中也是空空如也。我便以手肘捣捣她，她横看我一眼，我对她撇嘴笑。她说，无聊。我小声问，怎么啦，打乒乓球三比零下场被欺负了噢?

她便始终直视前方，不再鸟我一分一毫，装可爱也没用。

因她下课说，你不是一般的糊涂呀。

4,2

天气热好快，到了傍晚仍是一片炽热光线，有风，但风带着一股火燥气。须等夜晚真的降临，才能稍喘口气。我不想在广州路即乘公交车回家，太多人，便沿着街慢慢走起来。走着，又从口袋里面摸出前天买还没来得及吃的无花果丝，将袋子打开，仰头全数灌进嘴里，我爱这么吃，虽说这零食名字叫“无花果丝”，实际乃为沾了酸梅粉的木瓜丝，奇酸。我步子放得更缓，擦掉莫名其妙被酸味激出的眼泪，堪堪经过上海路与广州路的交界处。身后有摩托车滴滴声。

喂。

我扭头看，原来是小林。

去不去防空洞？我带你一程。

免。我自己走走。

我们不是很起劲去防空洞，哪怕那其中也是一个迷宫结构。入地以后，是宽阔黑色的通道，没灯，闭眼骑脚踏车好去处，这段过去，便是向左与向右的两条窄路，路并非组成一条直线，而为一个 V 形，向内延伸。路旁是大大小小的房间，小林他们占据了右边路的第六个，号称是防空洞内最大间的宝地，有教室那么大，摆了不晓得从哪里捡来的破沙发与藤椅，一张八仙桌，一排透明的 CD 架，一组总是开头沙沙声，要调好久才能放出正常音乐的音响，还有一台录放机，架子鼓与吉他，因洞里太潮湿，平时不用都得拿油纸盖好。墙壁上贴着乱七八糟的海报，他们乱涂让美女叼根烟，或将人眼烧成两个大洞，实在是他妈的闲得慌，一只六十瓦的灯泡用硬纸罩住，罩子上面剪出只怪兽张着大口，墙壁上遂映出无数尖利齿痕。整个防空洞都似被浸在水里，小林有辆脚踏车太久未骑，靠墙放着，早已变成堆锈铁，黄色的锈斑直长到水泥墙上，沿缝隙渗透，显现号称是达摩形状的一个人像。水泥墙的最表层也早被泡软了，用小刀一刮，大片大片直落而下。中午去时，大家正吃外卖，音箱里播放不晓得哪一个老派男声，播到半途，因轨道受损，沙哑喉音被一阵乱码取代。便有人说：操，搞什么。

另一人放下筷子，不知从哪儿摸出一张 CD，含糊不清说，听这个吧。

每次这样的情况，大多播放的是 *Play for Today*，或 sha... sha...sha...sha oh, sha...dogs shake，我与苗笛阿卜

摊手表示无感，陈择也来凑热闹，他买了一个旅行包，背在左肩，里面摆放的全是零碎的摆摊玩意儿；右手擎着鹦鹉。白鸟比我们还满不在乎，只专心嗑瓜子，脾气倒是好多了，爱啄人衣领玩儿。

所以，这防空洞一共有多少间？

我盘腿坐在破藤椅上问他们，自从我去，那儿便成我专座，因为我用手工课上学来的绝世技艺又把藤椅绑好了。太扯，其实只是无聊将散掉的藤又缠回去而已。

谁知道。

确实没人在乎，他们觉得拿鼓棒在破皮凳上猛敲，或抄段吉他 solo 便已好猛，其实，根本无所谓在哪儿，反正这处黑乎乎的所在，颇适合这帮觉得地面没意思，又想要流浪逃避的家伙。要再等快十年，等到防空洞内灯光大盛，摇身一变，成为本地最有名的书店以后，或有几个人才会拍脑袋，想，啊，原来到底是什么样的呢？

我与苗笛将左右两条窄道皆走了几次，无一次抵达尽头。我们打着小手电，在黑暗里踢踢踏踏走，经常一脚踩在水中，极像溶洞之旅。抬头看，顶部水泥壁悬挂无数水珠，在手电的蓝白光中闪烁，星空一样的。走一会儿，头发肩膀变得湿乎乎。可……其实，偏是无法肖想东课楼与防空洞之间存有一条隐秘的通道，大概是人防地图上留下的空白由纸张移动而下，侵占大脑意志。这两处如同两座完全独立的岛屿，苗笛边走边说，气息不一致，防空洞早已被意识地图排斥在外。这就好像若瓦画画，她根本不想动笔的那一处，便丝毫没有留下痕迹的可能。我似懂非懂噢一声，苗笛同我说，就是这么难懂。

一道强光闪过，耀得人睁不开眼，是送便当的小妹正在靠近。她该是最了解防空洞构造的那一个，小林送她一只“南极人探险专用头戴式探照灯”，她毫不辜负，每日佩戴，兢兢业业前来，据说再也不怕隐形水坑，可如履平地一般抵达防空洞深处那伙练电吉他练到飞起的鸟人所占据的一间了。

苗笛在强光中伸了个懒腰，曰：

有没有觉得走到不能再走的地方，和那个……拐到一个莫名的角落，完全是两回事？

我仍无法睁眼看，只得侧向一面墙壁，眼皮下面一道道金光闪烁，闪动的万分之一秒中，有一条没有两端的，黑极了的路。

嗯。所以呢？

所以，然后，还没想到。

小妹已至面前，她看我二人站定不动，遂好心告知：

前面除了水坑，什么都没了，你们回去吧。

不是很起劲去防空洞，我把一步分成三步走，摇晃至随家仓，右脚不由自主再朝右偏，索性直拐到宁海路吃炸鸡算了。打定主意，我遂戴上耳机，收听广播节目，正巧整点，广告一个接一个，皆欢快，可我心里仍有事。记性太差，前一秒才闪过念头的，后一秒就成空白，好怅然。我晃晃脑袋，停下来，呆立路边，还是想不起，无法，只好又从书包里找一袋山楂卷剥成长长一条吃，这时候又有人拍我，转头看，仍是小林。

小林笑嘻嘻问：干嘛不来？

我回答他：想出神。又问：你怎么出来了。

喔，一会儿我去夫子庙卖盗版磁带，说罢，他踩动摩托车油门，但并不移动，那车发出呜呜声，大概是觉得自己很酷，小林偏头去，任难得的一丝风将他额发吹起，我闻到他衣服上仍有食堂饭菜味。然而，不必担忧，等他再开车兜到城南，灼热气流便会将他漂得干干净净了。

喔，我突然想起来那件事。

喂，我说，小林，你去夫子庙帮我在瞻园门口的某某斋买一瓶墨水吧。

不存在问题，你要墨水做甚。

写横幅，我答，好不好带一瓶云头艳。

草，这么骚的名字。

我闭嘴不说话了，与他摆手道别，心里想，你懂个鸟。遂拐入那宁海路去也。

4,3

下午五点四十五分，我横穿学校操场，草长且乱，却仍无修剪，想必所有人皆投入到拆楼中去了。中午一点，我们目击东课楼手工教室的打字机都被移出来，赫然有我那一台（和其他的都不一样,故一眼就认出来了），就颤颤巍巍垒在一堆课桌与杂物的边缘，我瞥一眼，没理会。眼下，无论长草，或边缘的紧贴地面的车前子，都已经生出沉甸甸的穗了，我先用鞋后跟将车前子碾碎，又拔下一根狗尾巴草，拿在手里甩来甩去玩。我仍走得不快，事实上，好像陷进杂草织就的一张大网，慢慢感到锋利的草叶透过长裤割上小腿，又痛又痒，心里一股没有来由的失落。晃至六点，学校后门，同桌女生已在等我了。

原来那天我和苗笛中午狂奔入校时，听到广播里的声音就是她。我站得好累，就靠在后门的水泥墙上，她将说好的炸鸡腿递给我。鸡腿外的酥皮太咸，而鸡肉略有不熟，放了太多辣椒粉，吃得我满不是滋味，眼眶酸楚，可我忍住，就像以往一样，灰尘飞在眼里，或是一口吞极酸的无花果丝，还有被阿卜的烟气熏到，这些快要流下的都只是不甚有意义的泪水吧。我遂对她说：

不想楼被拆掉，不一定就等于要去抵制拆楼。

同桌紧盯着我的眼睛，曰：不明白你们是怎么想的。

我摊手，并没有其他想法。三口两口将鸡腿咬至一根带着红色血丝的骨头，讲：不早了，还要回家吃晚饭呢，横幅的任务也完成啦。

前几天中午，她用荔枝冰冰醒我，要我在白床单上写禁拆宣言，我不明白她为什么对此事那么热心，难道她不该是一个物理超好，然后在黄昏前就消失的同学吗？我亦不懂自己为何答应她。小林去买墨水一去不归，之后就没再见到他，我们便用黑色油漆来写，以期更触目惊心。宣言好长，写完就忘，甚至写到一半我就懒得继续，以致最后几行字特别烂，不只是结构松散，甚至，像是要斜爬出边框一般，反正，老师一瞧便会知道是我的笔迹。我不想认真写作业时，字就变这样，散了架，有一种可恶的懒惰感。反正我也不在乎。等放学以后，全校学生陆续归家，我便由东课楼大门长驱而入——现在大门也被拆了，只有楼的周边被围住，我找了个缝隙来钻，这原本就是我的长项。

不晓得为什么，我像失了魂魄，走着走着，好几次蹭在走廊墙壁上，弄得袖子和裤子上全是白灰，破碎油漆簌簌而落，我听见整栋楼只有我的脚步，落在陈旧的木头地板上，好似心脏于空虚的胸腔里摇摆晃荡。他妈的。恍惚不知所想，完全忘记可能有机会进入别的教室，去找到藏在驼峰里的海螺楼梯。我走进手工教室，有人忘记关窗，地上散落几根残破桌腿，不知道哪儿的风，吹起一团灰。我将横幅挂到窗外，正对梧桐树林荫道。

我将那布的四角都绑在窗框上了，很牢的。我补充。

你也不希望看到东课楼不复存在吧，同桌仍在追问我。

没搭话。

原本想和她讲，如果只为了它是否会被拆除而着急紧张，那会不会，会不会……没有足够的时间精力再记住它了？但随后，念头转动，我想自己未必能够真的记住它。

这反倒是周六感伤的真正所在了。

4,3bis

某个周六下午，苗笛与我混在无线电兴趣组里走进东课楼。之前我们已参加过马术（看一匹老马），桥牌，高尔夫球，保龄球等各类活动……喔，并没有去游泳，苗笛觉得会暴露他的圆肚皮，不甚斯文，他毕竟是一个连穿校服中山装都会将纽扣扣到颈部的男孩；我呢，总认为游泳池是个完全由水做的封闭泡泡，压得人透不过气来（差不多就和南都书店一样的感觉吧），故亦不太愿去。总之，以上这些活动并未消耗掉我们的精力，倒是殊途同归的让人更加无所事事了。我们便随着十几个别的同学，走进东课楼了。一至四楼的主楼梯不上锁，电台就藏于某处角落之中，寻找时间：二十分钟。

我在一楼取了接收器，不一会儿，身边的人便都走散了。按照我的估算，我，苗笛，若瓦应分别在三个不同的楼层。目前，手中的接收器毫无反应，我乱按一番，总觉得它早就坏掉了。这是我头一次光明正大的为了某种搜索的目的进入东课楼。由三楼左侧的楼梯至四楼，遂取出希区柯克卡片，嗯，还有九次机会，抬手，刷开一扇楼梯旁的小门。小门中更有一只布满灰尘的向上阶梯。按照人防手册上写的那样，我先啪一声点燃火机（怕通道中聚积太多二氧化碳），淡黄火焰跳跃而出，几秒钟后变成蓝紫色。通道里灰尘味好重，我在心里数数，爬了恰好五十级台阶，至一间空房，光线从倾斜的屋顶某处投下，在地板上映出一个方块光印。我在那光印中站了一会儿。这一处光线，不晓得空置了多久，至于这处所在，就是我们从未来过的五楼或六楼某处吧。我再打开空房的门，又有一条窄道，此时，手中接收器指针狂摆，我沿着墙蹲下，信号更强了，电台就该藏在正下方，可是——正下方又是哪儿？

另一端仍有数个房间，我用倒数第七六五四次刷门限额打开它们，崇学好赞。房间皆极小，有一间窗户没关，满铺不晓得哪一年飞进来的树叶与鸟羽，我探头向窗外望，它正对操场方向，我已绕至东课楼的另一面了。

倒数第三间的地板中央竟是陡峭阶梯，沿路而下乃至一处宽大空间，四面无窗的，仅对面墙上镶一扇用老式锁锁住的小门。我甫一进入便好紧张，莫非就是梦中那四面水泥的某处？打火机仅能照亮脚边的一小片，我闭眼，移动步伐往左边墙靠近，呼吸在墙壁前被反弹回来，鼻子碰到一块正在脱落的墙体，顷刻，一阵细碎蔓延的崩裂声。复又打火，微小光亮中，裂缝正以肉眼可见的速度，一条连着一条，变宽至深黑粗线。绿色油漆掉得满地都是。其余三面墙皆是如此，一碰则落泪般的脱落油漆。火机快没油了，我背靠一面墙，坐下来，接收器再次失去讯号，我将打火机放在裤子口袋里，想一个人于这匣子中呆一会儿，主动丢掉时间，距离，目光或记忆，连整片脑海也被纯黑色覆盖。

我遂又叹息，这叹息声却连回响也没有的。

也不知道坐了多久，二十分钟早已过去了吧。其实，仅此小小时间，便已让我浑然不知道这是记忆中的陷阱，还是迷茫的梦境也。要是崇学也在多好，又发现一处藏身地点，可是，没灯他怎么读阿西莫夫呢。我晃晃脑袋，想太多。我总在乱想啊。

哒哒哒，弹墙壁的声音，我又侧耳去听，弱不可闻。

哒哒哒哒，好似那时候，我用打字机打出 aaaa。隔壁应该是一间教室吧？是谁在那里呢。我忙用手拍墙，手掌中遂沾满了碎的绿油漆，我不在乎，胡乱擦在衣服和书包上，又靠墙听，哒哒，仍在。像讯号又像没有意义的乱敲。我觉得只有苗笛与若瓦会那么无聊吧，于是叫他二人姓名……没有应答。于是，我掏出笔，也敲墙壁，哒哒。

可那讯号厌倦似的，先为好长一连串哒哒声，像是无意中，使弹子滚落地板的那种声响。之后，便逐渐隐去不见了。

这便是我倒数第二次进入东课楼。

5,1

那黑色通道里，闪光红鱼逐渐增多，它们并未立刻游走，只在原地绕圈，渐渐，有几条游到另外一边，碰到潮湿墙壁或小水坑便自动翻倒，机械鱼鳍颇无力的摆动着，咔咔直响，有一条电池爆掉，散发零星微弱白烟，遂一动不动了，连同红光一并消失了。陈择仍源源不断由旅行包中掏出这样的电动玩具鱼类。现在，他只是一个玩具货郎。我与阿卜看着其中的两三只，游动向左边窄道，遂喃喃对他说：游远了怎么办？

陈择回曰：最后电池耗尽了，也就结束啦。

说话间，所有的鱼皆放完，货郎站起来，用手抹抹眼睛，没有再开口。游上窄道的某一条已化为极小的红点，阿卜点燃一根烟，与它呼应；剩下数十条喧闹聚集在我们脚边，可是，咔咔咔，又有某只头与身子断裂了，就以僵直的姿势顿在那处。我们静静站着，只是若有的鱼靠太近，便抬起脚将它踢开。

它们以同样的节奏速率运作，好让人厌倦，渐渐，我眼睛又酸楚，闭上眼的话，一定是红光仍闪烁不停，好想立刻逃出防空洞，夏季白光会将这些景象皆清除得干干净净吧。

又看了一会儿，机械声弄得阿卜也心神不宁，转向陈择：

喂喂，你还好吧？

陈择痴痴傻傻摇摇头，又摆摆手，示意我们跟着他走，是右边窄道，那儿水更多。走了三五十米，仍未到终点，我的鞋早就湿透了。没有打手电，三人皆是抹黑走，一路听到滴滴答答的水声之中，仍有咔咔玩具鱼在游动。直至某处，陈择靠边，打开扇铁门，原来是他自己的单间。

房间内也无甚摆设，只有床，床上有一张水淋淋的竹席，那竹席摆着一个油纸包。陈择走去打开，是一动也不动的白鸟，货郎将它抱在怀里，一声不吭。白鸟已死去多时，翅膀与胸腹皆沾有星星点点的血迹。阿卜叹一口气，我摸摸鸟喙，它再也不能猛啄什么人，或从身后咬住我衣领了。

原来货郎昨天将它单独留在防空洞，遂去朝天宫夜市摆摊，回来以后鹦鹉仍没挂掉，却已被洞内老鼠们咬得浑身是血。陈择流泪，泪水一滴滴落在潮湿的地面，也就消失不见，连痕迹也没的。我从未见过有人这么落泪，渐渐的，又喘不过气来。

早知就不要把它拴在铁架子上了。

我们看到那铁架子正靠在墙边，一天一夜时间，它也快锈出黄水。

回来时，发现鹦鹉仍一只脚套住链子，无法挣脱，整个悬挂于半空，不知老鼠们是怎么爬上去袭击它的，大抵是有场恶战了。陈择赶忙将锁打开，将它搂在怀中。它眼周那绚烂的蓝边已好黯淡，翅膀收拢，脖子也软绵绵的。

如此这般躺在手臂里。

鸟嘴也张开，似在喘气。身子却仍温热的，因生命在减少，空气里的水便蜂拥侵占它的羽毛，让它也变得好湿漉漉，很快，这些水又会回去，便将那最后的热量也带走了。

陈择告诉我们，鸟类的心跳比人可快多了。这么大的鹦鹉心跳得就更快了，如果他自己按照这节奏心跳的话，早已消耗殆尽了。还有，鸟的心跳亦不会越来越慢，不像我们想的那样，逐渐变缓再停止。

我又看大鸟的眼睛，仍是两粒黑纽扣那样，好单纯。

货郎继续说：突然会停。你原以为好似跑步，以为会有个终点。其实不是这样的，只是在某瞬间，就这样停下了。

5,2

我们等阿卜吸完一根烟，看那烟气与暮气一起升至死角草地的上空，接着，由缺口处钻到薇薇书屋，再拐出干河沿，去到上海路与广州路的交界处吃霸王饼。我原本是不想去的，因为饼好大，嗑完它回家再吃晚饭，一定很累，可这两个男孩拿出一本《金庸笔下的男女》买通我，便也就去了。他们讲，眼下秋风起，带你吃个羊肉的饼吧。我曰，大善。我们走得不快，因丝毫不在乎放学与下班的人流，况且，这样的傍晚正循环往复，将时间拉长，也不知道该如何浪费它，不如闲闲散起步了。一路上碰到其他游侠去网咖打游戏，本来他们和我们一样，都自由自在的，却被游戏缚住，真是个蠢字。阿卜噘起嘴眯眯笑，苗笛也撇一撇下巴，我与往常一样，总在看向一处莫名不知何处的所在。

走了半晌，阿卜忽然说，也不知道白鼠们怎样了。

一周前，他将那一箱子白鼠全数散到防空洞里去了。

也算为陈择的鹦鹉报仇。阿卜拍拍手，讲，近亲繁殖，再加箱子里面你死我活抢占地盘，存活下来的必定是最厉害的一批，必定打得过那群灰色野鼠。

我们则切一声，只是觉得白鼠奔逃出去的那一瞬间，地面也变得雪白，赞。

那群白老鼠会走到哪儿呢？

它们先到达上次我与苗笛碰到便当小妹的地方，然后继续向前，游泳经过数个没及脚踝的水坑，便会直抵防空洞里最大的一间，除此之外，别无其他的尽头。这房间该是附近几个餐馆的秘密基地，里面放了数十个巨大的方形盆，密密麻麻种的都是豆芽，灯光一照，豆芽招招摇摇，像微型的原始森林。而我们肯定亦有幸吃到过吧。嘿，别问我为什么知道。

阿卜听罢，愣了几秒钟，讲：太科幻，必定是在说故事。

眼下，我们都不知道是第几次去吃饼了，那路口还未有曾变化，苗笛遂提议再进一次防空洞：

“好不好我们再一起去看看为什么洞里会有那么多水，反正也无聊嘛，离得又近。”

我伸了懒腰不搭话，阿卜也低头不语。恰逢此时，从上海路那一条大路往北瞧过去，彩票车正缓缓开来，在接下来的几年中，这种彩票车会逐渐消失，乃至梦境降临，它才会横冲直撞重新出现一下子。彩票车与货郎，以及帐篷同种性质，都神出鬼没的。只见，车上跳下几男几女，摆好桌子，放出好几大盒彩票，人群哗一声围上去。两元一张，最低奖项，发卡，洗碗精，小包洗衣粉；最高的呢，小汽车，看见没，正由一辆大卡车缓缓拖来，也停在路边，车身以缎带围住，超诱惑。大喇叭里有个声音正在声嘶力竭喊着，而卡车上又跳下来一支乐队，每次有人抽到不锈钢碗筷，或幼儿玩具自行车这样的中等奖品，便一阵鼓乐大作。

天气已颇凉，我三人定住，看了片刻，那人群上方很快笼罩了一层雾蒙蒙的白气。苗笛突然讲：哎？那个弹吉他的是不是陈择，还有打鼓的，好像小林。

我与阿卜仔细端详，人在二十米开外处，看得不算真切。

——好像是的吧。

我遂抬起手，远远的“喂”了一声，对方并无响应。

阿卜又说：陈择不会弹吉他啦。

也很难说嘛，苗笛正色曰，货郎其实什么都能好快学会。

也对。三人皆颔首，又调转步伐，齐齐离去。

好奇怪，自此，在这个区域，这些路上，再也不曾见到过他们，甚至，我们连防空洞也未曾再去。

5,3

有时候很奇怪，我会由于太熟悉某处地点，而全盘忘记了它的样貌，连走了许多次的长廊，楼梯，甚至，那一个每天皆逗留的房间也变得陌生起来了。可是，当梦里有一处陌生的所在，我便又自行勾勒出它的复杂结构，哪怕它外表像一个方盒子，你看到之后，绝对不会觉得那其实是一个谜。这结构永远猜不破，东课楼就是个例子，不过也不好说啦。我们几个人围观过它的废墟，那时，任何一个藏匿之处都化为乌有，只被消解成简单的木条与砖块了。这是梦由复杂变简单的过程。亦有反向运作的梦或事实：

我靠着一棵树坐下，手里的接收器无反应，无讯号。好久过去，连收音机都没电了，金曲中断，我只得站起身来，穿过更上方的树林，再沿一条小路走。空气里的冷味儿更重，我困倦得很，闭眼，抵达小路的尽头的一处山坡。山坡上面有许多高大的橡树，地上满是橡子，我在廖仲恺墓附近，事实上我也不知道自己在哪儿。在橡树间，我又发现了一些野墓，此处风水甚好，便有人悄悄迁了坟地过来，落叶里的黄纸未烂，草丛中是不知谁种下的曼珠沙华，正荧荧闪着红光。

我埋头走，不算太快，因我爱步子慢上半拍。走着，一抬头，发现站在一条甬道尽头，两旁皆是石人石马，我知道，这是我夏天出游时，刻在脑子里的又一记忆。可接收器是这么回事？实在记不清了，大概是我某时超迷收音机的缘故罢。秋天天气很凉，道路两边的桂花都开了，混合某种险峻的岩石气息，扑面而来。我走上甬道，脚步声好响。天色却没有刚才那么暗了，从远处某个地方，似传来隐约人声，恰如傍晚时分。

应该是某种想要接收到讯号的执着念头作祟，我才会睁眼一路拐上这孝陵，我遂又要笑自已傻，这里又能有什么鸟讯号呢？倒是旁边的石人石马高大静默，眼前笼着昏黄的薄雾，我走得偏这样迷迷瞪瞪。反正这堆东西已经站了好了百年，给我尤其长的时间范围。

我遂一直往前，恍惚之间，见有人面朝我走来，看不清容貌的，和我步速差不多，逐渐走得近了，终于肩膀挨着肩膀，擦身而过。隐约的，对我笑了一下。我心里想，笑个鸟。复又觉得好生奇怪，这样的夜梦里面，会看到谁呢？

我忙回头去瞧，可早已没了此人踪迹。

喂。

我喊了一声。

却有无数个喂从石头人与动物的口中低沉而出。

这对面来的人，会是那时的我吗？

佛说naga救疾

话说山高水长时，在江边有个二馕神，面对莽莽波浪无法渡过，遂解下随身的包袱，从中掏出两个馕饼，先后抛将入水，接着，提气纵身一跃，趁着馕还没沉，想乘风破浪抵达对岸，他也知道要特别小心，千万不能喘气，否则身子一重，浪花就没顶了。

可那家伙到了水中间，便遭遇了从未有过的逆风，非但馕饼被掀翻，人也被吹到半空中，一时水波击打在身上，生疼。他索性闭上眼，随波逐流，飘荡无边，和我们一起由河入海，流落他乡。

1,1

情况有所好转时，naga 开始留胡子，我原以为他会长出络腮胡，没想到只有嘴角与下巴上的一撮，倒是越来越密，慢慢变得有点点像鞋油刷，因为有些胡子是黄色的或者红色的，这一来，更印证了他是突厥人后裔这个假设。又过了几天，他的胡子长了，嘴边的微微翘起来，任凭他怎么用手指按也不肯服帖，于是他找了一把小剪刀，打算修剪一下。镜子里映出魁梧家伙的黑脸，看来他对光的折射原理没概念，几次剪空，让他唉唉直叹起来。

"为哪般！剪到的都是嘴啊！"

我无良的踱步至门边，看到他手舞足蹈好一会儿。空气里面滴滴答答走动着抽水马桶管道里的水声，好像分秒一样偷偷摸摸，片刻不停息，还有naga手臂里的血流加速器，我听见了，不知偷走他几多时间。

喂。

等胡子再长一点吧。可以弄得……呃……比较平整？很屌的。我转身在网上找了一张说得过去的大叔照片。果然，看过照片他就傻笑着坐下来，肚子上面一坨肥肉。

我又拍了拍他的肚子。

在他摇摇摆摆唱着陈升的《发条兔子》那句"兔子里真的是有发条"时，我会忍不住说，

"你唱得没错，你肚子里真的是有发条，每天想要吃什么。"

他嘿嘿笑起来，"这叫有背头。"

靠，所谓"背头"，就是说，如果你身体强壮的话，被砍了一刀也可以硬挨，反正都是砍到脂肪层，血多不怕流。

生病也是一样，疾病就像漫长的冬天，等狗熊睡醒，

肚子里的脂肪被寒冷消耗光，不过好在可以存活下来，对吧。

我实在是太毒舌，不过我答应过naga，如果我论文答辩顺利，又从计划书的魔掌里逃脱出来，我就要写个深情的文章送给他，但我实在不会深情，毒舌就是我最深的感情了。

1,12

naga是个衰人，很显然我也是。刚认识不久，我扮作半仙给他看手相，看到他手里一根生命线飘飘渺渺，中间断了一截，不由大“擦”一声，只能避重就轻对他说：

你的人生有两个大波！

滚，你才有两个大波。

反正这两个大波是随你无法更改的恶习来的，但我不知道这恶习是甚呀。

我告诉你吧，是——好色。

我们一起嘿嘿嘿嘿鬼笑起来，要多猥琐有多猥琐。

我有张叫做“苟富贵，勿相忘”的formulaire，当我预感到一个朋友之后可以飞黄腾达，我会逼迫他/她填写一下，签名按指纹。这样我也能老有所依，不会流浪街头。明显的结论是，naga不用填了，而他算出我财帛宫里天马行空，又告诉我生孩子还不如不生（“性格比你还差，又不合群又破财，简直是来讨债的”），我们就彻底放弃了这项互惠互利的条约。

不过他在我这里可以享受最惠国待遇。例如：

“快看，前面一个妹子腿不错，在你的两点钟方向。”

一般来说，为了保持我正经人的形象，我是不会这么公开看腿的。

作为一个没钱缺少温情又满嘴狗屁话的朋友，我实在不能给naga的生活带来任何实际改善，除了一点关于生病的共同体验之外。不过事实上，我也绝对没有能力在疾病中找到启示，疾病有时候像是炉子下面的小火，慢慢熬干一锅粥，又像要你在梦里猜谜，绕来绕去不可解，但是有时候你会觉得，亏好有它，你还活着，它是死之前的保护盾。好几年前，在快要想破头时，我自制了三个锦囊放在窗台上（这是后话）。

疾病只有在你硬要做某事，它却要生生阻拦你的时候才显示出其威力。对于我来说，是“显得认真”，每一次尝试都是痛苦的，我要思前想后，心跳加速，会喘不过气来，生怕一旦失败便好似一个蠢人。而对 naga 则是，干脆，阻断了他好色的本能，使其面对美女力不从心。在手臂上的管子还没弄好的那段时间，他胸口被打穿以便接上机器，每周三次人与机器共舞，其实是安静的舞蹈，血液源源流入机械体，运行一周天，再重归他的身体，每次四小时，中途可以吃平时被绝对禁止的食物，比如巧克力与香蕉。只有看到机器的时候，才知道身体的局限，才能体会到它有一个部分已经彻底挂掉了。naga 说他想尽力忘记这回事，不去医院就绝对不想，大吃大喝，与我聊天打屁，上网把妹，共赏 A 片，才不要管这机器生涯所带来的现代性吊诡。

1,2

不知道你有没有被晚霞压住过。

如果不下雨，从五月到十月都有机会见到晚霞，是一大片鲜艳却又不热烈的火焰，天空压低，你背脊粘着床单，灰尘与热气在身侧起起伏伏，火焰一点一点，从远处的云层，楼房的窗户，五米处的树梢，烧到房间里，从脚到头发，全沉浸其中，你只能微微眯起眼看，仿佛一场大梦。

naga 的电话破坏了六月初的晚霞体验，之前我只是听闻他乃是个把妹不成的瘪三，为什么把妹会把到生病，鬼才知道原因，我另外一个狐朋狗友胖花身边妹子来来去去，如水流不断，就从来没出过问题，但，一定是哪里有问题。

已经说过，我极少有同情心，只有荒诞的现实打动我，让我幡然醒悟。上一次见到如此艳丽的晚霞已是好几年前的事，我正在为冰箱除冰，由于完全没有除冰的经验却又着急完成无趣的工作，我找了一把大刀猛击冰块，弄得冰屑满身都是，双手直颤。不知道怎么了，冰箱冷冻柜被我砍出一道缺口，氟利昂嘶嘶泄漏，这时，我与冰箱，加上一摊冰渣，像是要在红光里面消融，用手指掩住缺口亦无用，只有嘶嘶的响声是真切的。窗口处的云在飞快变换颜色，每一种都很鲜艳，好似直接从视网膜上摘下来的。我回过神，对当时的室友王小姐说，喂，下楼帮我买包口香糖，我嚼一嚼把它贴上。

她下到五楼，又返来，探头问我：你要什么味道的？

故而，naga 自曝病情却带着数块火腿来找我时，我猛然间想到的是几年前的这个场景，一样的晚霞与燠热的天气，时间不曾移动过吗？之后的几天内，我时不时打开冰箱，探一探还有没有凉气，或者侧耳倾听是否还有泄漏声，吃口香糖，重新贴住缺口，真是徒劳又惘然。

naga 送我的是金华火腿，含盐太高，他的身体无法代谢，血液无力，多余的盐分会流转至心脏，渐渐使心事越来越重，最终，怎么流泪也不够，它们结晶太快，让人变成一块火腿。别听我胡说八道。

火腿方方正正，共有两块，应该是选了一条猪腿上最好的那个部分，吃起来却是咸得不得了，不管我怎么用水泡或者加上蜜糖一起蒸，还是无法下咽。但是带它们来我家的 naga 却完全不管这些，据说他得知病情之后，在漫长的住院的时光里反复思考的便是它们的出路了。

不过，喂喂，保质期是三年啊！（你妹的那么长）

我看到小标签时忍不住冷笑数声。

等你装了新肾，我再将它们交还给你吧，naga 同学。

1,3

空气里隐约泛起一丝粘粘的甜味，街道两边的假栗子树也是那种锐度极高的绿色，风从我肢体的每个缝隙中穿过，却无杀伤力，仿佛慢慢走的，温和的时间，在这会儿，它被延展开，让我有空找到站在桥头的 naga。他穿黑色皮衣，好像天裂开掉下的不知道是什么鬼的玩意儿。

见我盯他瞧。他立刻中气不足的说，

看什么看，没见过夏天穿皮衣的吗？我冷啊。

碰了碰他手背，确实凉凉的。我立刻嘲笑起他皮衣的款式来，他也顶着灰败的脸色与我说笑。这是他手臂没有钉进接口的那段时期，每次透析完，便像是刚从地窖里爬出来的。

这时候如果碰到心仪的妹子怎么办？我双手插口袋，走得摇摇晃晃。

干！赶紧把救护车召回来呀。

很快 naga 厌倦了让救护车将他送到我家楼下，吃完饭再坐区间列车回自己家的套路。正巧他被房东赶出来（大概怕他无声无息挂在房间里），于是索性就在附近找了一处 studio，毗邻超市，pizza 外卖店和日本料理店。暑假后，总是三五不时就碰到他，有时候逢一三五他去医院前，我就会四下张望，问他：

哎，你的救护车呢？

停在后面那条街上，你看不到啦。他如是回答。

其实也未必一定要去医院啦，医生之前向 naga 提议的方案是，分给他一套机器让他自己在家操作，鉴于他还年轻，至少有大把几率存活，在最初不熟悉操作手法的阶段中，会优惠附赠一个貌美的小护士助其插管。提议是真的，小护士是不是 naga 在 YY，不得而知。不过，他还是毅然拒绝了医生的好意，谁要家里堆得到处都是器械，药水和小护士？！如果有心仪的妹子来了，能把那么大一台机器藏到衣柜里去吗？于是 naga 宁愿浑身冰冷，穿着土掉渣的皮衣在夏天乘救护车出行，也不愿丢脸。但一旦从医院里出来，他便得意洋洋炫耀起他胸口的纱布与塑料管，贼兮兮说点今日见闻，比如一直透析到八十岁的色老头什么的。

我知道他在怕的，他连救护车都不要让我们看到，假装自己还像年少时那样能一拳打碎同学的鼻梁，并且告诉自己一直没新肾也无所谓，他这家伙真的可以活到八十岁。是啊，怕归怕，可这世界你就得和它来真的，被嗑碎了还要噎死丫的。

1,41

有人和我讲过，如果没有对疾病的切肤体验，要写出一篇疾病的历史很难，因为病痛变成文化符号，相对的，没有死亡的经历，诗歌里面的所有的“死”都显得那么空虚，你可以死好多回，活过来很多回，然后把它们都抛在脑后。古人有关大疫的记载里面，一个重要的角色是某个白衣女人，她经常莫名出现于城门附近，向众人乞讨，随后又神秘消失，紧接着，人们接踵翘掉，根本来不及反应，此处便成为一座空城也。你若不是早已在网络上看过埃博拉病毒肆虐的照片，或于非典时期与大家一起戴口罩不敢去吃火锅，怎么能理解这样的状况呢？引用naga的话，“有必要声明一下，用腹腔的半透膜透析有两个坏处，一是很容易感染，二是透析时间太长。”

我根本也不知腹腔的半透膜是什么鸟东西。

如果要起一个日本名字，naga应该叫拔管大笑郎。他很早就唠叨着要把胸口的管子拔掉，因为那很麻烦，带着这劳什子穿衬衣痛且丑，鼓鼓囊囊的，显得胸很大！每次要与机器相连，就得贴上麻醉片，平日里还需用塑料泡沫包起来（就是那种一挤啪一声的），当然是为了防水，有一次naga坐上救护车，才发现洗澡时水都流进塑料皮里面了，管子飘啊飘，胸腔变成了一个圣诞水晶球，把他倒过来的话，估计就会有音乐响起来了，之后，血花片片下落？他晃晃身子，听到水刷刷直响，naga和我讲起此事，我思绪又飞走，想到小时候冰箱坏掉时那些绝望的雪糕，打开包装纸以后，巧克力混和着融化的奶油，怎么也兜不住的滑到水池里，只剩虚弱的木棍。

我对迅速的痛反应很慢。迅速的痛是指降临的猛然性，无论怎么准备，它还是悄无声息一下子就来了。而麻醉失效的naga对待一连串的疼痛（每次都很突然）早就不在乎了，他用手按压住伤口，血反而飙更多，渐渐，垃圾桶满满当当都是卫生纸，之后，他换下染血的衣物，剪成片片制成擦锅布，烤箱专用手套还有抹布，暂时用不了就叠成一堆放在柜子里。

一边不再为大扫除清洁工具不够而担忧的我，一边在感叹着疼痛与时间混为一谈所产生的微妙，我可以习惯一个月中持续心跳不规律，屡次扶墙想要呕吐，手抖得夹不住红烧肉，但一次做胃镜时，塑料管刚顺着食道插进去，我像沙滩上快要死的鱼一般抽搐起来，并且还相当不争气的迸出眼泪。

1,42

如果没有疾病的纠缠，时间也仅仅是时间而已。不用去透析的日子过得比较快，因为每周二四六日只是为了医院生活做准备。时间被过度标记，也就会显得没标记，没特征，一眨眼消逝而去。同理，一处地点倘若被特别点出其特征，也就变得让人再也认不出。

出院之后的 naga 被迫放弃一些娱乐（例如打篮球与把妹），只好频繁找人去中国城吃饭。如果硬要说那里与家乡有什么相似的话，数来数去，就只有连成一片乏味的高楼与大型亚洲超市了。每次 naga 拖我过去，我都不太情愿。我已在这里买过所有怪里怪气的食材，喝过每一种东南亚出产的诡异饮料。我也曾坐在楼与楼的缝隙中，边吃风边偷听越南话，泰国话和潮州话。现下，naga 带着他放慢速度的身体，硬要来这里消化一些油腻食物，我呢，由于熟悉的困倦，也挪着步子和他一起走得像老人。疾病给 naga 迅速消亡却重复的时间，也让我偷来几分钟。现下，光线由层层叠叠的家与窗户，经过几次曲折的反射落在我头上，以期产生定格效果，地面上的鸽子组成的灰色块像脏兮兮的潮水起起落落，空气里生肉、发酵果蔬与流动人群混合的味道，无论风从哪个方向吹，都没法散尽。

疾病使时间变为揉皱的纸团，等拉开它，却发现每一个侧面都成为西洋景的梦幻一镜，睁大眼睛使劲看，画面机械动作，场景熟悉，光线与声音却齐齐沉默，一套画片播完，你早分不清过去与现实。

百无聊赖中，我无法开口说话，naga 却称我为自走型食物处理机，人形餐厅打分牌。我没话好说，因为疾病变成了主要话题，正如之前说过，时间正在以极高的相似度在我面前拉开回忆之帷幕，让我莫名伤感。我们突然陷入杀时间的死循环。

这种挫败感就和突然看见某个中餐厅门口贴着越南版红楼梦话剧的小广告，却完全笑不出来的那种囧境一模一样。naga 对抗疾病的方法简单直接——它来临时显出一副大大咧咧完全不在乎的样子，世界上所有的事情似乎都不如把妹重要，而在其他时间中忘记它。我则是试图与它共处，它不侵占我，我也不利用它。

但是它经常使我想起一些温情的片段，这对我这样满嘴跑火车的人十分难得。我该讲一个连环故事，让naga忘了我们是天残地缺衰人组的不争事实。

喂，你看到那边高楼第n层的窗户没？对，就是挂着难看的窗帘的这一家。

我对这个鸟地方那么熟悉，是因为我在这里住过。楼下是卖香茅鸡腿饭的小饭店，不远处有一家越南粉店，每到周六老板就演唱本地民谣，我若想找乐子，也会准时报到，与地头蛇一块儿拍拍手，或是喝几瓶啤酒。之后我就回那个小房间，我当年的狐朋狗友王小姐烟瘾比naga还要大，在我们搬家前，她经常躺在对面那张床上吸烟，开半扇窗，吸着吸着就坐起来，咳嗽一阵子，比我们现在还要像老人。我刚到不久，只能寄宿她处，除了一箱书什么都没有，王小姐闲暇之余情愿去雅虎聊天室挂上一下午，也不要走出房门半步，我没开学，看书也没用，索性盯着窗外发呆，看半个月内最壮丽的晚霞，看楼下聚集在一起的小混混，看一个塑料袋在高楼风中起起伏伏。

由于还没来得及购入棉被，王小姐借我一个软趴趴的老虎玩偶，与其说它是一个老虎玩偶，不如说它是一条脱了节，披着老虎皮的大蛇玩偶。她于头一年我们居住的外省购得此物，那时候，一个流动马戏团驻扎在城市边缘，我们买了门票进去看，吐火球，走钢索，老虎跳圈一应俱全，观众却寥寥无几，为了安慰失望的马戏团团员，王小姐慷慨出资买下它，从此老虎玩偶成为她心头挚爱，连搬家都带着。

玩偶的皮毛是化纤材质，一股灰尘味，贴久了再分开静电就会嘶嘶做响，好像磁铁一样，我的头发都被吸到它那里，每天入睡前，为了获取最大覆盖面积，都得将它碾平，然后小心翼翼躲到它肚皮下面去，我头枕着它的头，或者干脆将它下巴搁在肩膀上，双手环绕圈住，摆出一个跳舞的姿势，是为了不让它移动。往往午夜梦回，就发现自己姿势未曾变化，老虎表情有点让人发笑，胡子刮到我的脸颊上，王小姐仍坐在闪动着蓝色的屏幕边，房间像是深海一样静悄悄。

naga 啊，我偷看到你枕头边的大兵手办了。

1,5

那会儿冬天里寒冷的气息尝起来又干又苦，混着稻草味的风像是从脸上扇过去的。从我老家房子里出来，仅远远的河堤处有灯火。其他都影影绰绰的。天空深蓝色，星星很明显。每次我和人说，得到的回答基本都是，“乱扯，哪会有这么单独的夜晚呢？”要么这样：“从未见过如此清楚又繁复的夜空呀。”

我和naga经常在夜间闲逛，日餐店早关门，咖啡馆的椅子也收进去，我们晃一路，趁酒吧还没打烊去偷喝橙汁，有段时间他必须控制饮水量，所以只是散步。我们俩有时唠唠叨叨，有时一言不发，会一起抬头看天，或盯着地面，大脑已运转到脱轨。某次，星星超多，不仅有白痴都能认出的猎户座，还有一些我们这种星盲根本不晓得的行星也以肉眼觉察不到的速度移动着，发出忽远忽近的光。

naga沉默半晌，慨然说：靠，这时不是应该和心爱的妹子一起看的么！旁边怎么会是你啊！

说罢，我二人又勾肩搭臂继续向前走，边走边还是在嘴张老大的看着天。

刚开始接上机器时，naga 面色惨淡，连顿晚饭都吃不完，哪里还能发表如此一番鸟感叹。他疲倦得很，睡很久，困意从黄昏到黑夜层层叠叠压将上来，将他严密包裹住。生病就是这样，原本身边好似一片空空荡荡，可一旦中招，连空气也变重，随每次呼吸将世界夯得密密麻麻，就如满眼繁星。

其是一次发烧就能让人全明白。眼睛像是睁在身体内部，一开始，什么都瞧不见。所以疾病首先带来的不是恐惧，而是困惑。也像是待在那种“单独”的夜晚，我小时候爱神经病一样拿着手电筒朝天空乱照一气，黄色光柱慢慢消解于不可测量的距离中，在那个切面，我看见空气块累加，重叠，星星由于外来光折射的干扰，一阵乱摇。时间刻度也没了，我们要窥探某种秘密，但取而代之的乃是一片幻境。

2,1

脏兮兮的老虎玩偶还没出现时——它出现以后，也仅仅陪伴我一段短暂的时光，唉，我总是喜欢回溯过往的事，尤其是在和 naga 一起瞎扯时，我们屡屡说起中学时期的诸多片段，好像这样才能体现真正的自我。我常常发觉，扭头向后看的目光会让实实在在发生的全都蒙上一层奇幻之光，更为让人惊讶的是，这层光芒反倒让过往显得更加真确单纯了。所以，在我们的狗屁话里面，我一般扮演着肝胆相照两肋插刀的铁血战友，naga 则成了丢馕大侠，他能把馕饼“咻”一声抛好远，之后顺风顺水，奔驰三千里。草，还有比这个更热血的吗？

其实我隐瞒了一些事实。naga 和我混在一起之后，我们越来越少说起疾病了，我知他有一本在病房里写就的秘密日记，很显然，他除了想怎么把火腿送给我，还思索了另外的细节。还有，他一直邀我去医院观摩机器运行的全过程，却拖延至今未兑现（我只见过一张上面有红色血液管的照片）。取代这一话题的是越来越多的回忆与现实生活的细节，逐渐把我们从被疾病追捕的孤单里拉回到正常轨道。大家悄悄改变了抗衡的方法，即假装坚定盟友，假设友谊一直延续到死。我们难免勾肩搭背说一些肉麻话，规定兄弟会信条，计划共谋大事。

在这些出现以前，naga 撑在病床上，用像鬼写的字体（他的原话）记录的东西，我不可能想到。与他同在的，只有不相干的仪器，药水，医疗人员，以及还没彻底熟悉起来的疾病。之后，他就会如我一样发现，原来最好的兄弟就是疾病，像一个极想诉说，但无论如何也找不到合适方法说出口的秘密。

现在我试着讲一下。

十三岁到十七岁的四年时间中，我最好的朋友是一只乌龟，每天晚上睡觉，都能隐约听到它在床下默默爬，它长得比预期中要快，原本壳是标准的椭圆，短短几年，就变成一个上窄下宽的怪形状，我常用筷子敲击它壳子的边缘。它看似迟缓，有一次却突然快如闪电，把筷子咬掉一截。如此的劣迹很多，比如，我想创造出小型的水底世界，于是买了一个透明的大玻璃缸，放了水，然后把新买的金鱼蝌蚪一股脑都倒了进去，又丢了几棵水草，再想一想，我又把乌龟从床底翻出来，那时候它还小呢，这么大的缸足够它游几圈。乌龟先是羞涩的沉入水底，过了好一会儿，才伸长脖子，在水中滑着四肢，慢慢游动起来。我看了几分钟，觉得很新鲜，乌龟转过脸，正好对上我的眼神，我这才头一次发现它的眼睑是金色的。可在我没留心到的之后十几分钟中，金色眼乌龟便吞掉了大部分蝌蚪，咬掉了所有金鱼的尾巴。水底世界顿时变得滑稽了，乌龟潜在一个个彩色气球的欢乐气氛里，金鱼们无法保持平衡，上下翻动，摇摇摆摆，过于滑稽，从而成为我的一个主题噩梦，由头到尾，陪伴了我持续最久的一场高烧。

每次我都会问自己，你的本心在哪里，你想挥出什么样的剑？是把自己包裹在无效的词汇里，觉得一阵轻松，还是？

2,2

相比我的高烧，naga 更不明白自己是怎么了，已经说过，他并不想谈论更多。因为名字，疾病的名字，在旁人的耳朵里可能只停留几秒。小时候，我常在家门口闲晃，有人和我打招呼，问我最近在做什么，当我非常认真打算和他们说一说在沙地里的大发现时，我突然意识到，“你在做什么”并不是一个真实的问题。当你有某种感觉，便会倾向于将它变为精准的描述，而后，这些描述，会努力变成一个词。naga 和我讲，他在去年四月，他对身体的感受尚暧昧不明。正相反，他来不及去体会，理解，总结，便被告知一个完全没有疑义的词汇——

insufficisance rénale[*]，以我们平时对疾病的可怜认识，以及莫名其妙的语言障碍，他没办法了解个中含义，唯一能做的是：接受注视，某种对待病人千篇一律的目光，亦或者在一次眨动时，一些情绪泄漏出来。

而他没来得及读懂体会，便又关上眼睛，咔嚓，断了电似的沉沉睡去。身体开关被按下去，简直是强制性的。

在他说这些时，我很难让自己不口吐脏话。这时我才体会到，疾病不是一个名词而已。我们也只是在茫茫水面，在黑夜里，任由波浪颠倒的可怜虫。书面知识里，所有关于“疾病”的认识论都异常虚伪。我闲闲滥用naga与我的友谊，写一篇有关身体与病症的废话，绝对没良心。因为，我们只对真实的发生在自己身体内的疾病有所认知。

我在夜里，不记得已经是第几个晚上了，持续的高热与不正常的心跳，让人有些厌倦，城市夜间过亮的灯光正侵略房间，树影像有了生命似的，床下的乌龟又在悉悉爬动，这是最深入冬季的时期，按理说，爸妈应该

---

* 法文，意为肾功能衰竭。

已经将它收入空的没有水的鱼缸里（里面垫了旧棉絮，乌龟上面会压着我小时候用过的旧枕头），故而，我一定是听错了。

就像naga的胳膊里被植入一段塑料软管（血管很脆弱，一次次针头扎进，会让静脉彻底废掉，按照医生的说法，这是为了加厚血管壁的），搞不好，这玩意儿也能加速血流，以便它更清晰的被感受到。总之，手指搭在上面，便会有突突跳动的触感。如果足够安静，认真去听，还有哒哒的响声，而多数时候这声音几乎细不可闻。

某次，naga脸黑着从浴室里冲出来，他的脸本来就黑，一黑便会更黑了，他头发上的水还没来得及擦，T-shirt后面一大片湿漉漉。

我操，你过来摸一下，好像这管子里面他妈的不走了。

靠，不会吧。

我手指挨上内侧的手肘，感觉他手臂的肌肉有些抽搐。

每到紧张我就想要开玩笑，我难以自控，只愿显得不正经。

“不要紧，真不走了，就让护士pia一声把它拔出来，在 piu 一声搞根新的弄进去就好了。”

你以为这是在喝饮料嘛？！

“喝饮料更像你透析的时候嘛。”

滚！

哦哦，跳动的感觉还在。

噢，刚一瞬间，以为它……可能是水流遮住了，一定是水吧。

我心里面靠了又靠，眯眼看窗外，哒哒声侧耳可闻，而蓝天正慢慢倾斜着呢。

2,3

踩不到边界时，naga 保持理智，每天只喝半升水，戒烟戒酒，随时注意心跳和血液流速，并担心突如其来的并发症，例如眼睛半瞎什么的。他大体上成为不嘘嘘星的领袖人物，憋尿两天，直至机器把他从废液球的状态中救回来。他双颊鼓起，头大如斗，软绵绵没力气，到哪里都是轰然一卧，像随处丢弃的大型垃圾。

如何踩到边界？ naga 坐着公交车出神，景物浑浑噩噩，周遭一切融化变形，好似蛋糕里穿行一般，奶油花，水果夹层，蛋糕底模变成黏糊糊一团糟。

真糟糕啊！

那你怎么办？

当你什么都不能做的时候（因为疾病强行禁止），你反而没有任何界限的概念了，以前喝酒喝到流出一碗鼻血，醒来照样可以一抹脸去打篮球，现在呢？不晓得哪一杯就让你挂掉了，对吧。你都摸不清自己的身体了。

于是 naga 在混沌中灵光一闪，心里生出“老子不活了”的念头，遂拿起身边一升装的矿泉水瓶，喝得一滴不剩。

几乎惊到我这种胆小的人，像我，嘴里长个泡都要疑神疑鬼，最后不知真哭假哭去诉苦：靠，我不会得了口腔癌吧！我小时候看新闻性的恐怖节目（社会大广角，大众喜闻乐见的纪实类报道），有大半年时间它都在跟踪采访广东佛山一个手指上出现黑点，最后几乎两条手臂都溃烂的一个女生，我被吓得每天洗手六七次，半夜里睡不着，摸到自己脚踝那里一根软的经络，还以为得了怪病，立刻大哭。你说我怕死？我怕这样不知所谓，丧失行动能力，最后尊严全失的挂掉。

你别放屁了。

这些算得了什么。

隔天透析时，naga 自然被医生骂到臭头，他整个儿浮肿起来，体内不知道一个什么鸟东西的指数高达 860（据说这是判断肾功能的关键指针）。

机器救我！

naga 当时心里会这么想吗。在西游记的漫长旅程里，每有妖怪出现，唐僧便会喊出“悟空救我”这样的台词，大家都知道这秃驴不会有事，可现在我们只晓得：妈的，还好有终点。

不会这么豪气干云，你不用呼救，别人会明白。naga 如是讲：

你去过急救室没。

有的人被推进来的时候半边身子没用了，有的人一动也不动，脸上罩着白布，不知是死是活，有次来了个老头，嘴半张，只有眼珠在转，一番操作，性命仍在，眼眨了眨，闭上了。

说这些时，naga 叼着空烟斗，像小朋友喝完饮料还要唆唆玩吸管过瘾一样。我前二十几年都没吸过二手烟，但自从他情况好转，又摸到界，大吸特吸，我就时常整个人被兜到一团白雾里，困得一塌糊涂，肺也疼，却道是再过几个钟头，自己就又会有精力，活蹦乱跳一阵子，一会儿伸手抓一把 naga 的肚皮，又翻看几页闲书，也不知道个尽头。

好似，小时候的某个黄昏中，无聊和一群乡野混蛋（年纪都不超过十岁）偷抽丝瓜藤，蓝色烟雾起起伏伏，弄得麦田也起起伏伏，不甚清楚，突然绿色波浪陷下一块，白昼换黑夜，在幕布更迭那一线，田野的边界慢慢露出来了。

2,4

有时 naga 目击我写这些有的没的。他嘲笑我的写法简直是弱毙了，事实上，我不太习惯当着他的面，细节会扑面而来，让我失了条理，大脑一片混沌。他埋怨道：你总是引用我说的话。但前后时间都不对。我知他是觉得我藏藏掖掖，始终不肯将他演讲中的闪光点拿出来，相反，仅是抽取一些看似无关紧要的。我已经说过，关于疾病，我们谈论太多，大部分表达已离开初衷，当你预备写一些什么，那便是不诚实的开端了。我有意要变坦率，却仍忍不住穿插一些废话，呐，讲话本就是掩饰的过程，那写算是什么呢？

对我们害怕之物的遮盖。

像一只手捂住口鼻，我能够体会这般沉闷，我与naga需要新的要素让故事有转折，不知道他是否也同样期待着。在一开始的惊奇，迷惑之后，时间渐趋平稳，害怕却仍在，乃是由于未知突然如此迫近，却如此单调，像夏季的阵雨，每一次白色明亮的雨点落下，空气似乎松动了，接着，压力又聚集，天色变化，雨点再次接踵而来，和细节一齐让人无法清晰看出事件的脉络，不知其样貌，也不知其根本，只晓得它们就这样来了。渐渐naga陷入对将来的焦虑中，我仍然在前个思维里面，总有人提醒他该吃什么不该吃什么，并且将针头一次次扎入他的身体之中，他无法停留，而我迷迷惑惑，皆因我无此切肤之痛。

连说一个秘密都别别扭扭的。naga总是提醒我，喂，你忘记前面的某个线索吧，那个之后怎么样了？

之后怎么样了？只能以这样的方式向过往发问，却不可以向将来与虚构发问。

连环故事中，高烧也像是阵雨，在它离开之前，只能盼望在发作的间隙有更长的喘息的机会，几乎每年都这么来一下。乌龟狂欢节的来年，我去草鱼家过暑假，一连半个月都在竹席上默默流汗，牙齿与太阳穴疼痛难忍，我却像是摆脱了什么一样。naga说卧床的日子不分昼夜，睁开眼随即又睡过去，有种奇怪的东西在阻挠着，让你什么都做不成。我躺着，身上的棉被像层壳，我四肢都蜷缩其中，被子如茫茫的黑夜，手脚之外，全无温度。我又听到乌龟爬动，我学它把头缩进棉被里，闭住呼吸，然后再探头出棉被，深吸一口气。爸妈都睡了，每到夜里这个时间，我就自动醒过来，乌龟有默契一般，此时便出来。正如naga总觉得我能帮他打发漫漫的对将来的等待。

那一年，我也记不得了。我在床上拖延了一个冬天，直至立春吃了两个刚炸的豆沙春卷才觉得自己喘过气来。春天一到，便难得的有几天是好天气，我坐在阳台上晒太阳，爸爸的羊毛衫是黑色的，吸热，这城市的春季非常短暂，我却全身暖得如获新生。我突然想起乌龟，它陪伴我那么久，那再陪我晒晒太阳吧。全家找来找去不见其踪影，后来还是爸爸一拍脑袋想起来。

它应该还在玻璃缸里吧。

大家进了厨房，玻璃缸上面堆满了杂七杂八的年货，清理完毕，我们掀起上面铺的枕头，时间停滞。乌龟保持伸长脑袋的姿势，已经死去多时，却仍显示它活跃的本性，它四肢伸出，像在滑动虚无的水，把四周的棉絮都弄碎了。很显然它是缺氧死亡的。

那么，在高烧中听到的响动是？

饲养小动物的温情会变成很奇怪的东西。初始时陪伴的欢乐，以一种残忍的定格持续着，例如，我养的蚂蚁自动变成灰，龙虾呢，一只被另外一只吃成空壳，仓鼠把它的同伴咬得血淋淋。

这些到底是我童年高烧的原因还是结果呢？

naga，现在你总算该明白为了遮盖，我是怎么撒谎的。

3,1

冬日的某天，naga 一早打给我，声音听起来含糊不清，外面正在下小雪，天上铺满了灰毡子样的云。喂喂，你在嘛？

怎？

我梦见你挂掉了，你千万别挂掉啊！

别乱讲话啦，我只不过时不时心率过速而已，你有没有听过坏蛋活千年这句老话。

电话那头嘿嘿笑起来，在我看来，naga颇喜欢玩深情的那一套，他还告诉我他在梦里痛哭来着。接着话锋一转：喂，你中午想吃什么，我外带pizza找你吧。

几小时后，他仍继续这套说辞，把一块铺满奶酪的pizza摆在我眼前，说，我哭得枕头都湿了，你赶紧吃吧。不知道这两点是怎么联系到一起的，总之，不可以用正常的理性思考，大概naga发现我是个神经病以后，便放松下来，把逻辑什么的丢在一边。如果你仔细观察，你会发现，一旦生病，大部分人会立即取消你的智力，好像你再不是从前的你自己了，而是变成他们要用另一套思维对待的对象。naga本着与其被人砍一刀，不如自己动手的态度，我则自认有病成了习惯，与他交流无碍。

这也没什么大不了的。于是，我们总抱有反正明天搞不好就挂了的心情，反倒格外欢畅。狂欢气氛扩散，似乎每一声笑或者每一个无聊的笑话都另具意义，我们在大街上哼探晴雯，或是甩着装螃蟹的塑料袋边走边张望，我和naga心里清楚，这是难得的乖张的机会，也许自此要一直这样活下去，这也是生病给我们合法性，是向其抗议的最佳途径。

至于真正的那个终点，谁管它。在这之前，我要抓紧时间骗人，这事我十八岁时很想做，却苦于没有机会，现在计划得以实施，所以，继续神游九霄云外吧。

当我爷爷去世时，我才五年级，被爸妈半夜拽起来，迷迷糊糊坐了长途车去乡下，对葬礼的印象已非常淡，甚至连有没有哭都记不得了，我的眼泪太少，常年积攒下来就变成某种硬质的东西，睡觉时会猛得硌在胸口，让我难得安宁，它又像是塞子，只要砰一声拔将出来，便有无数恶言恶语倾泻而出。否则我也不晓得该如何处理。碰见 naga 以后，这个塞子松动了一些，我也就经常滑到难以自控的边缘，不过在这之前，已有些迹象显露出来。

夏天时，我得知再回乡下已经没必要搭破破烂烂的长途车了。我们可以坐火车，然后招私车直到老房子门口。我和草鱼——naga 啊，草鱼是和我一起长大的同伴呐，你是我的好兄弟，你们都很重要，所以别要怪我又写进一个角色——我们坐了最早一班列车出发。铁路上的快车越来越多，那些不够快的火车被淘汰下来，变成短程的连接乡野与城市的区间交通工具。我们穿过一些老式的卧铺车厢找到位置，由于没有好好打扫，汗味，厕所的臭味及铁锈味围绕我们，打开窗户也没有用。此时正下雨，潮气反倒加重了火车的气息。我们的头发紧紧贴在额头，脖子里面全是汗，火车极慢，经常要停下一会儿让快车先行通过，除了昏睡别无他法。

我耳里塞着不知哪首听了无数遍的背景音乐，草鱼歪着头靠在我肩膀上，我推开她，她便在车窗上磕磕碰碰，却怎么也醒不过来。坐在我们对面的年轻人一直在用方言打电话，可能就是我们的家乡话，我八百年前就听不懂了。这次出行非常慌乱，不知道草鱼怎么想的，她有时话很少。不过，那天当我赶完每日的论文进度走出图书馆时，她忽然讲，

和我一起回家乡吧。

我愣了好一会儿才想起来，我和她的家乡是同一个，我们的父亲是同乡。

我没有马上回答，我被论文里面的疾病困扰着，另一线是 naga，还有一条，是草鱼病重的奶奶。回到家乡，其实是一场道别。由于暴躁的本性，我与很多人的道别都是瞬间发生的，哪怕表面不流露，暗地里诀别也就是分分钟的事。

但这次不一样。

我心里那个硬块又在不规则跳动，我只得捏紧手掌，再放开，好像在调节心跳，不让那些咸水以任何形式流露出来，不声不响和草鱼走了几分钟，我终于开口道：

那就明天吧。

3,2

该如何好好述说一场回乡之旅?

这实在不是一次悠闲的旅程，所有的雨丝与灰尘都围着我们打转，我们在风暴的中心，在夏季暴雨的无常中，一时间真不知道如何是好。我还没想到道别的方式。可我们总是在道别中，似乎一旦出发，便是在渐渐拉远的距离之中挥手。以前我都是单独做这件事，我闭上眼，向每一秒的移动致意。在 naga 还是意气风发的黑胖子时，我并不认识他，他将来康复，我就得向病中的他说再见，也要向那个一起病着的，终于有机会疯癫一次的自己说再见了。这场一厢情愿又坏心眼的倾谈总会有一个终点，是我目前还无法碰触到的边界。所以你们不要嫌弃我过于剖白自己，只因我从来都找不到办法摆脱那些疑惑，没法对它们说再见。似乎跑再快，它们仍是如影随形，如慌乱旅程中的风景，每次都是相像的。

况且，我们觉得需要道别时，那往往不是最好的时机。而当我们自认为创造出道别的氛围，真正的道别可能已经完成了。故而，死亡是最自然的场景。我一边吃着 pizza 一边和 naga 说，我要是真挂了，记得送果篮给我，我喜欢吃西瓜。naga 乐得和我插科打诨，我知他一定预想过自己的死，在他最害怕的时候，只不过作为男生不太好意思流露罢了，只见他张了张口，却什么都没说。哈哈，我了解啦，其实他当时想讲的是：

放屁，要挂也是我先挂，我才不会送你果篮，要送里面也没有西瓜。

和草鱼一起坐在晃动的车厢，雨幕将十年来并没什么变化的乡野遮住了，水线从玻璃上流淌下来，身旁是生机勃勃的喧闹。我一时走神，想到写论文，说到某人的一生有五年在病中，倘若这段时间没发生什么大事，或是并无证据证明其有何特别之处（准确说是没有史料），时间便失去其意义，五年仅是一个数字。更有甚者，我们总见到被数行文字所概括的一生，几句话末了，此人卒于某年，享年六十四岁云云。作为千刀杀的历史学生，我常擅自缩短他人的寿命，六十四年化为一秒，五年疾病啊，那就一笔带过吧。我们使用某种叙述偷窃别人的生命，相反，一旦想要印证观点，则用同一种叙述乱写生命。火车快到站，其后我发现，道别被延长，并非在叙述中，相反，是在真实的时间里。

出了火车站，雨还是没有停。我们做了一些没意义的事，例如，在火车站的小卖部买了瓶装酸梅汤，整理了书包里送给奶奶的食物，出站茫然的找车。坐上车以后，发现一只巨大的蜘蛛趴在座位上，我们不忍伤害它，只得中途将它放在一片灌木丛中。雨刷发出很大的声音，草鱼给她的一位本家打电话，让他站在小路的路口等着。车里放着广播，主持人正在处理某日常纠纷。我们经过本地唯一的道观，我想起几年前，由于好奇，自己还进去走了一圈呢。放在早先时候，我可能会被这些零碎的，具有重复性的回忆打动，而当下呢，它们在道别的过程中无所指，是这样吗？

车在一条小路的路口搁下我们，左手边有间冷清的药房，再远些，是兼卖水果的杂货店与公车站。水果已发皱，使人无心购买，我们看了一眼便走开了，店主并不在意，仍坐在屋檐下面默不作声。一条河与路平行，河堤上栽着芝麻，茄子，丝瓜，乌青菜。我们的故乡与其他的乡村并无区别，简直连一丝乡愁都没法激起。本家正等着，见到我们之后，他便低头在前面引路。我边走边看河水，水乡的脉络早已被污染，河水浑浊不堪，岸边纠缠的水草之间漂浮着一些塑料袋与垃圾。走了几步有一个小型的废品集中站，不久前有人点火焚烧垃圾，火被雨浇灭了，空气里仍飘着几缕呛人的黑烟。我和草鱼一前一后，直到走到老屋前，并未交谈。

几分钟的路程我什么都没想，仿佛只是集中精神行走而已，心里平淡得很，甚至已经忘了我是来道别的。仅凭这点，我断定自己不是好人。我只注意到，芝麻的花是白的，茄子已结了青色的果实，屋前的晚饭花没有开。奶奶知道我们要来，准备了一些菜，等着草鱼姑妈来做。有一瞬我居然异常想回家，这里像是与我全然无关，我什么都吃不下。屋子里很乱，乡音我不懂，草鱼一直在说话，我却双耳轰鸣，不知自己是怎么了。

我局促不安，草鱼的奶奶一定记得那次我还小的时候在她家发着高烧，六点不到就醒了，大家都在沉睡，我偷偷下楼取了张小凳子坐在门口湖边的水泥码头上，天没全亮，只有奶奶在洗衣服。我紧紧闭着嘴，奶奶一直在淡淡雾气与水声中与我说着话，我没一句听得懂，只好沉默。那是我和她唯一一次单独交流。她知道我是来向她道别的吗？我找不到合适的语言对她言明目的，我觉得非常羞愧。

她掀起衣服给草鱼看她腹部的恶性肿瘤似已经要穿透皮肤，在枯瘦的身躯上长成巨大的一团，不仅堵塞肠道，也疼痛难忍，止痛片的强度完全跟不上，一天吃十粒也不管用。我们则毫无头绪的奔至路口的药店试图购买更大剂量的止痛片。茫然的雨让我厌倦透了，雨水从我的头发之间流到脖子里，我视线模糊不清，药店实习生正在计算机上玩纸牌游戏，也不抬头就闲闲说，

你们不知道吧，止痛片是处方药，不可以随便买的。

再折回去时，奶奶正在灶前做甜的荷包蛋，她挑了两个很大的鸭蛋，在油里放糖，蛋滋滋做响，等盛到碗里，蛋腥味和甜味混合一处，使得我无法一口气吃完，最后半口硬吞下去，我低着头，被呛得说不出来，眼泪忍也忍不住。

他妈的，你以为止痛片就能止住疼吗？

3,3

恐怖新闻年代过于久远，故而失去其细节。我常常想起它，是由于疾病的不可预料，为什么手上会出现一个黑点？为什么当年无法控制病情？无法追溯，可能只有去翻查电视台的录像带或是医院的陈旧档案，才可以把这事拼凑出大概的样貌，人们在时间流逝与事实残酷的双重推动下，彻底忘记它了。对比之下，明清时期出现的大量医案在某种意义上倒是病人们的一件幸运事，不过呢，对我们来说，病情的反复，使用的药物，身体所遭受的痛苦这种最直接的记录，乃至疾病本身都变得没意义，我们只想在这些记录里发现心态与观念，并非打算了解疾病本身。呐，真实目的如下：在一条病例记录上添油加醋，极尽能事，妄想以此描绘当事人的一生和他们的社会，这股认真劲好几次感染我，使我对自己所作所为毫无怀疑，其实蛮好笑的，对吧，naga？

举个例子，我们忽视 naga 的名字（其实早就在做了），他的痛感，将他一切症状，包括心理上的，都归在肾功能不全这类词条下面，寥寥几笔记录这一段。最后反过来还要说，我绝对可以编织他当时生活的实情？好像一个人可以别要朋友，别要亲人，就靠疾病维持一口气，从来是这么孤单单活着的。每次想到这里，我都忍不住一手攥一个大耳光，但实在不晓得丢到谁脸上，总不好给自己吧。

扯远了。

道别比想象中的要长，但比预设中的要短。我无法说清一个黑点如何在时间中出现，延续，又消失的，就像同一种病却造就无数不同个体，以及无数可能，我们不能一一区分。如果 naga 不出现，在此时坏天气频繁的春天，我应当是宅在房间里蒙头大睡，而非现在这样，装模作样呆在图书馆于计算机前敲敲打打，丝毫不把窗外的暴雨当回事，了解我的人都会吓坏吧。当年 naga 也只是单纯要把火腿托孤给我辈好吃之徒，哪里能预料到我这一通胡说八道呢？我一转头，又变成混蛋一只，搭一班公交车（车站就在那个破落的杂货店旁边），拉上草鱼，从我们的故乡回到城镇，这次走的是高速公路，如此，早晨六点出发，不到下午四点又可回到我们居住的城市。我与草鱼道别，一头扎进图书馆，继续写我篡改史实的谎话论文。

之后的半个月中，我与我的童年至交见面数次，吃吃喝喝，似乎完全忘记我们曾一起回去的事。于是那个痛被我定义为“瞬间之痛”。就像——长了那么大，身体总有点莫名的病，但去医院检查也查不出的，最多查到胃部，丢个小瓶子给你，喝口酸溜溜的药水，再狂吹口气，等半个小时，被告知：

幽门杆菌超标一千五百倍。

不可以迷恋路边摊，目前整国上下食品卫生实在不堪，屡次刷新你我世界观，再吃下去，保你上吐下泻还算是幸运的。

你不死心，继续追问：真的没有什么问题吗？

医生吓唬你：你毛病多则多已，每个都不要命，但这幽门杆菌又可以解释为心中郁结过度，胃属交感神经较为敏感，你想太多哦。

怎么治？

要么放轻松，要么……

快一点的？

呐，我帮你开药吧，这些是大剂量的抗生素，吃完一个月过来复查，记得要按时吃，早晨空腹，晚上饭后，每次一大把，否则全家都会幽门杆菌超标。（哈，这是威胁吗？）

满口答应。但你一回家就把药丢一旁，三天过去一粒未动，好像花的不是你的钱。既然查不出大问题，你也就松口气，痛嘛早就过去了，就像未曾存在过，连落泪都没存在过，你就放任幽门杆菌以百倍速度继续狂飙，否则还能再找什么理由难受一下子？

既然没事，那继续听我胡扯好了。

4,1

在叙述中，我显得有点肆无忌惮，有时候我觉得参与了 naga 的疾病，而另外的一些时候，我自诩冷静的旁观者，真是毫无定性！如一个观众，执意要走到舞台上，却弄得满场大乱。还好对于 naga，我写的鸟东西完全没有参考性，他最信任的是两周一次的身体检查，渐渐，各项数据与身体的细微感受勉强可对应。而我呢，则在纷乱的时间中尝试克制自己。他看不清楚的起始那一点位于病不病的边界线，就像白日与傍晚的边界，你着实不晓得是哪一道光线使得黄昏降临，当你发现时，阴影蔓延，世界翻转，已是另一种时间的计量方式推动我们了。

naga 仔细阅读血检报告：妈的，血肌酐降到 150 就是正常人了哦！

那你现在是多少？透析前是多少？

刚认识你的时候是800嘛，现在是，降到450。

就差300了。

“但是，损害是不可逆的。150和450之间的差距代表了损害的确切值。”

那么透析以后会变回150吗？

naga懒得回答我，调转头，操作计算机播放山东相声。我一听这玩意就头大如斗，喧喧闹闹不知在搞什么，只好闭嘴。

似乎是我跳上舞台，硬要说些什么，却猛得发现只是进入迷宫的另外维度，虽然与naga是同样的进口，然而，只是，我转来转去，根本碰不到他，去他的基友情谊，我们根本无法一起过关斩将。这时候，只能求助于更直观，更没有意义的交谈。

喂，当你一个人在疾病中走得如此之深，你怕不怕？完毕。（偷一句托马斯的诗）

naga说，只能硬着头皮走呗，还好有你们陪我。（又来煽情了）

全然是一个无法折回又无法终止的游戏。

我又愤慨出声，真 TM 不公平。

十二岁，我参加在漆黑中走进竹林的游戏。竹林在某个寺庙后面的山坡上，平日里看不出有什么特别，不过，好歹算是一景，不常有人，故而偶尔我会自西向东穿过它。多半是黄昏，竹林里的光线斑驳不明，仿佛笼在一片茶色中，却映衬得竹叶愈发绿，走着走着，就能听见模糊的念经声，搞不好也可能是招揽香客的大悲咒磁带在循环播放，这里的和尚懒死了。有个晚上，大家聊完天发现已至夜间十一点又二十五分，秋日晚风很大，刮来不知道哪儿的桂花香味，一伙人走出去，后山被整个儿套在一片黑暗里，这天居然连月亮也没有。我们听见沙沙作响，知道是到竹林了。这时，竹林摇身一变，化作晕开的墨迹，我瞧了半天，却只能分辨边缘处的几片竹叶。

你们敢在这竹林里面走多远？执事和尚点燃一支烟，烟雾越过火光的范围，随即消失不见。

第一个尝试的是我，我前几年经常在竹林里试验自己的独门武功。（闭眼走，凭直觉躲避竹竿）

大家嘿嘿笑，瞧不见任一人的表情，只听笑声在四下各处响起。

和尚扑哧扑哧吸烟，迅速抽完一支，又点上，火光让他显得有些恍惚。

你不想走了就回头，看到香烟的红点了吗，我们就在这里。

一头扎进去，笑声似乎还没完全散去，远远近近的。这竹林完全变了副样子，沉滞却又纵深，开始还能听见那伙人在说话，渐渐，这些全消失了。黑色压在眼皮上面，无法睁眼，身旁似一直有某种呼吸。就连竹叶也都不见了，只剩时不时出现的阻隔，把无知的空间切成一块一块，我回过头，隐约看到一个红点，却怀疑是时间异位造成的幻觉。

4,2

我回过头，看见烟头那忽明忽暗的红点。山腾起烟雾，前方的黑暗更深，更不可预测，逼迫我快步走回去，一路跌跌撞撞，一直走到和尚面前。这群人还是嘻嘻哈哈，在夜风里聊得不亦乐乎。游戏并非他们所关心的，甚至，他们已忘记这游戏，忘记我了。我爸也在场，当我走出来，他相当熟悉地（简直根本没用眼睛看）贴近我，手掌在我的后脑勺上抚了一把，继续聊那些有的没的。而我，终因这只手掌，从山的阵仗中醒过来。

我时常忘记手边还有一个故事，naga 忘了我在记录。事实上，我想的是，那个起始的红点在记忆里的坐标。走回去，发现诸事保持原样实在是万幸。因为，一旦开始诉说，就不得不在叙述的黑暗中兜圈子，以为这般便能回避最深切的，有关“开始”的问题。

就是这样没头没脑。naga 忘记他生病前的情形，是一场梦中梦，醒不来，也没办法再梦一次。像将脑袋埋到泳池中（我们小时候经常这么比试闭气时间，快要缺氧到闷死才抬头），眼冒金星，双耳痴鸣，只记得人声光影在头顶的蓝色水面上浮动飘荡。

我们在公园看天，这场景之前之后发生了什么，不知道，不记得了。只是又过了一年，天气转暖，万事 reset。naga 从未曾如此大剌剌躺下去，水汽重得很，初春的草地湿漉漉的，似乎只要放松，紧挨泥土，便能得以进到时空场景，补全身体与记忆？我也卧倒，脸贴上一片宽草叶，绿色浓重，放大，融入一滴摇颤的水珠，由光线折射的金色刀锋边缘滚动入眼。就是这样的梦吧。

发现场景延伸的骗局是十二月之后了。恰逢结束租约，我收拾一堆垃圾搬去 naga 的 studio 蹭住。作为好基友，他当然不好拒绝我，而且，你有时候会发现，当处于既紧张（随时会挂掉）又放松（反正可能会挂，有毛好在乎）的奇妙时刻，夜里多一个无聊同伴陪你打打屁也还蛮不错。原先由于观察距离而形成的界限率先消失，naga 的病情不好也不差，血肌酐下降一点，可即便这样，他也不敢减少透析次数，只屡屡惊喜道：

喂，其实目前嘘嘘正常了哎。

但嘘嘘正常有什么了不起，就是，嘘嘘而已啊，要庆祝也没什么道理啊，不尴不尬的。

这才发觉生活的唯一突破口是：嘘嘘？但……反正原先的边界统统被推翻，那，重大转变……无非是同个故事的中场几分钟，连换幕布也算不上。

没有如释重负的大口喘气，也绝对无需将头放入水中之前的那样闭眼深呼吸，开篇结尾不用去想，妈的，我们就一直处于埋泳池的无聊比试中嘛？

那我还写个鸟。

naga 似乎也意识到这问题，他原本想要我写出某种顽强的生命力（以及对现实的搞怪讽刺？），之后，将写好的段落及时更新上博客，如此种种，可混得大把为他倾倒的妹子（其实呢，开始时总归有一些诶），不过，自从知道生活再无波浪，我就懒懒靠在椅子上，成天吃吃喝喝，再不动笔。这小镇，每一入冬便异常宁静，面包店逢周一修整，肉店每周三打烊，诸多规则从未被打破。naga 照旧临近中午便受召于司机，“N 生，五分钟后下楼哦”，一三五透析 happy hour，习以为常。

多数时候，人们找到出发点，便顺理成章继续下去，去——编造“应当发生”的情节，情节发生那一刻的动人心魄似也始终存于情理之内。而我与 naga 时时慨叹，TMD，出发后由于恐惧而退回原点后，时间便凝固，那个出发点也凝固。凌晨时分，无事可做，大家只得将以前的传奇经验更传奇化，打发时间。

naga 抚摸着新长出的鞋刷胡子，号称自己二十年前乃为回鹘人，如同李白那样，来到中土，却苦于不会中文，只得夜夜与馕相伴，其实，说多了亦颇具信服力。他讲：

吾的家乡吐鲁番，气候干燥，葡萄一日间变葡萄干，甜瓜甜过白砂糖，倘若食用过多，喉咙便极疼痛，故称之为割喉甜瓜。我等民众，尤喜食馕饼，是在特殊火炉中烤制而成，最大的可大过床铺，此物极易保存。少时，吾辈常在河边玩耍，逢腹中饥饿，便将干燥馕饼抛入水中，须大力，瞄准上游，如此，馕饼顺流而下，即已酥软。

此番记忆深刻，正犹如馕饼的历史久远。于这夜里细说与你，吾的好基友。

皆是由于：时日漫漫，而往昔漫漶，实乃千里迢迢不归路也。

5,1

真是忍不住想要把以前的囧事拿出来同 naga 分享，他对我的叙述进度彻底死心，再也不问我何时结束，我也实在不愿继续放肆观察，只坏心说："哎，你挂了就写完啦，这种东西，目前哪会终结呢，有什么好说的嘛，你可别怪我。"我猜 naga 一定想过这副鸟样子到底要多久。

搬家时，我懒得将行军床慢慢一路推行至 naga 的住处，只得带上这四个轮子的怪物去赶公交车（其实也就两站路而已），时值夜间十时，眼见最后一班车驶过，我推着床发足狂奔。naga 忍不住丢给我特大号白眼一双。因为路上行人都像见到鬼一样受到惊吓的结果，结果就是，床的某处关节断裂，再也撑不起来了。妈的好无力！我十三岁时被老师逼着跑完一千五百米后也是这种死相，扶墙也不成，腿一软跪倒在众人面前，猥琐极了，更别提 naga 透析之后了，我想，哪怕再过十年，我还是会记得他埋在床里面，睡得黑白不分，脸上皮肤灰而龟裂，活像一个装米的脏布袋。但时间的最大功用是：让所有惨事变囧事，引人发笑耳。

干脆丢掉行军床，naga 表现基友的大度，他将多余床垫移至暖气片下面，主动当它是自己的新窝。可是，由于陌生的环境——他床上的大兵手办，他胳膊里的滴答声，以及窗下大片阴影，我还是无法入眠。我总在计数，数十下就期待一次转折，别让时间就这么清洗我们的惯常记忆，使每一个往昔皆落入荒诞不堪的假想。叙述又是更不负责的行为，它不能推动真实，却始终影响记忆，以及，我们看向真实的目光，甚至为了叙述，连篡改名字，时间，思绪也变得可以被容忍。我又一次想，利用兄弟情谊只为了满足篡改的私欲，真对不起睡在地上的 naga。而我，是不是也没有诚实检视自己？念头接踵而来，在这样一个最长的夜里，疾病却仍延展，与时间和叙述并行，甚至越过它们，直抵我眼前，naga在梦中喟然长叹，他睡得不安稳，不停翻动身体，黑脸在暗中显得更黑了。此时的表情最可作参照，白天的欠扁荡然无存，只剩现实争斗之后的静止，未放松的静止。

我闭眼，好似失重漂浮，耳边是不知道哪里传来的夜间噪音，往往入夜才有这样的声音，螺旋状，又远又近的。这情形不多见，如同在一个极小的，高速飞离地球的太空舱里。当我第一次有类似的感觉，还不知太空和太空舱为何物呢，而每一回都是同样的问题——“挂掉”是怎样的？

很难解释，而且破坏欢畅的氛围，如果真的糟糕了，naga这家伙恐怕连亲手画上句号的机会都没有吧，像我这样一个没有用的狗屁朋友，也只好默默举起手，不作抵抗。反正，哪怕疾病不发威，时间也在损耗我们，唯一的正经事是等待，在等待中时间消逝，而我们也在等待时间消逝。一刻没到来，一刻就很远。

老生常谈罢了。

先不管场景与时间的吊诡，绝不能被二者的无聊逼疯，再说，到了白天，就应当换个面貌！即使，作为一个无所事事的青年，你肯定有想不通的时候啦。几年前，我首次踏上这片热土，也就没能睡着，床太小，我翻来覆去，盯着天花板，同样发现在天地大变后还是一成不变，分秒似不曾移动，而且，那时我也从没听过有个丢镶大神呢，于是我做了三个锦囊放在窗台上，以期想无可想时揭开便能得到解救。

其实只是三罐由于没有冰箱只能放在冬天窗台角落保鲜的 yogurt，从一月到四月，我彻底忘记它们的存在。naga 啊，你肯定不能想象揭开时惊悚的现场……所以千万别寻根究底，想不通拉倒，好啦，我知道你也没在想。

我盘腿坐在床上，前后摇晃，看着 naga 在地上扭来扭去，号称在做所谓“腹肌 72 变”中的几个关键步骤，无良哈哈大笑，他乃是一个巨型大汉，无奈一直在虚胖，肚子很圆，显得四肢短短。我语重心长向他描述当年的状况，他也就哎嘿嘿听着。

走投无路怎么办，而且我这样没有妹子爱我啊！

那你还练什么鬼身材哦——

无望嘛，只好转移一下咯。

也对，那年我拨开书桌上的杂物，郑重把那锦囊放在面前，深吸一口气，挑选了一只商标还未被雨水浇烂的，注视三秒钟，一股作气就揭开了，那锦囊“哗”的先飘出片灰雾，我吹开这片雾气……

你有没有吃啊！

其实吃了。

……

呃，那后来呢？

后来也没怎样啊，吃起来粉粉的，就这样啦。

5,2

毕竟要有真正消磨的方式。我们大大方方把多数时间交给睡眠，阴天时窗帘只拉一半，我与 naga 睡得像是再也不需要醒来。那些时光是一些晦暗的，如电视雪花般混沌的画面。计时真是使人疲倦。等夜幕真正降临，我们继续睡，毫不理会人世正缓缓转动，偶尔中途醒来，夜空透明，微微透着亮。这世界反倒不必有任何言语，词汇，声音，唯有几颗星，特别小，特别远。

而另一些时间，则是用来步行。naga 闷头向前走，我也不说话，寒气扑面，鼻息形成的水蒸气却是活泼，与冬日的雾缠绕在一块儿。公园离家四十分钟脚程，上坡太多，天气太冷，naga 体力不支，必须停一下，往往此时我也心跳过快。停顿中，路边的植物在我们眼里放大，树叶的脉络，枝干的疤痕，乃至根部的碎泥，皆变为清晰又夸张的色块。

我们只得继续紧闭着嘴，以免某种热乎乎的东西直接跳出来。

去公园是为了让 naga 看一次奇幻景象。前年，也是这么一个下午，没冷到那种地步，却也不暖，太阳在云里散发某种柔和的栗子黄的光晕，空气中的杂质极少，万物的界限清清楚楚，像是拿了墨笔又描了一遍似的。我独自穿过公园，未曾遇见与我类似的散步者。从一片林子里走出来时，眼前正是几棵绿至发黑的雪松，一些枝桠极低，投射浓重的阴影，仿佛它们自身便可编造出傍晚时分暮色将至的光景。它们之中有一棵尤其巨大的，正于风里抖动着几万根针叶，我抬头望，发现上方枝头上，站满了翠绿鹦鹉，突然，它们发出一阵嘈杂的鸣叫，哗啦啦全部都飞走了。

不管说给谁听，都被认定是在唬烂，就连我自己，也不晓得是不是错把梦中景象当真了。可是，在这小镇子上，从原先住所厨房的后窗里，我真的瞄到过一两只急速飞走的绿鹦鹉。

naga 自然也不信，至少我们去过公园那么多次，却从来没碰到类似的状况，喜鹊与乌鸦倒是非常多。毕竟，鹦鹉这种鸟类不属于我们居住的纬度呀。倒是他自此不再全盘相信我的鬼扯，我始终在恶趣味的编造公园里一些我也不认识的植物的名字，例如，硬把一种毛茸茸的，像一个长满刺的皮球的植物称为河豚花。

这玩意到底是什么?

河豚花呀。

你别放屁了，我刚在 google 搜索，的确有种东西叫做河豚花，但根本不是你说的这个。

啊哈哈。

我完全没有责任心的摊手大乐。

所以根本没有绿鹦鹉对吧。

有哦，我真的看到了。

被写下的，被叙述的，被命名的东西也未必靠得住，就像 insuffisance rénale 这一词组，它始终是为了贴近身体快要挂掉的感觉而编造的一种新的疾病罢了。

不必执着于此嘛，naga 你只要相信我们的友谊……（又在唬烂了）

我告诉你哦。

说吧？

难得在步行时说话，此刻我与 naga 就站在那棵好鬼巨大的的松树下面。

我很小的时候就会说很多的话了（可想而知），但我不识字，那时候我家还住在乡村，让我有多点时间说完吧——在老屋子不远处住着一个远房亲戚，记不得名字了，年纪很大，我们都叫她六奶奶。

那个夏天我照例去她家偷枇杷，要挑个烈日的正午过去，是因为那会儿所有人都被烤得精疲力竭，只能呼呼大睡，没心思管我。我偷入她家门，很好，没有其他小孩，六奶奶也没坐在堂屋的屋檐下面盯着我等不轨之徒，我自她家墙角拿了耙土的耙子，猛击屋后那枇杷树，树着实大，绿阴遮天，上面缀满黄色饱满的果实。一击之下，枇杷落下许多来，我赶紧蹲着，也不怕脏，捡起来就吃，汁液满手都是，甜极了，午间热气从四面包裹我，就那片树下，太阳照不到的地方，却是隐隐从泥里钻出一股凉气。忽然，蝉鸣停了，风也停了，我来不及吞下嘴里的果实，心里涌上一股莫名的悲哀，像有的小孩会被水里自己的影子吓到一样。

然后呢?

我也顾不上捡起其他的枇杷，又从门缝里溜掉了，不敢回头，就是怕。

后来才知道那个正午的前几日，老人家已经挂掉了。那门上赫然一张白纸，写的乃是个“奠”字，就在那夜，夜晚特有的噪音向我袭来，携带我，进入又一个梦里。

5,3

那么就这么写下去，漫无目的?捏造或记录都无妨。或从对于一个字，一个名词，一种语气的认识开始，让每一秒充满语汇?可大家都知道，时间这玩意不增不减，徒劳矣，当你以为抓到线索顺势走下去，往往仅抵达某个断点。

莫名有一天，naga 就不再去想“死”这问题了，对他来说，这算好的结束，对我们则是不计其数断点中的一个罢了，完全是不值一提的小事。除了身体的苦痛，在一些意义层面，疾病早已被消除掉一大半。

渐渐温暖的春天夜晚，逐渐减轻时间之上的虚设负担，连我也觉得应当把弄了一半的荒诞记叙丢一边，假装什么都没有发生过。我所属的专业，很爱强调“身体”这种既成“事实”，乃至构造出形形色色的抽象身体，却是为了阐释更唬烂的“疾病”。我终于认识到这点，将论文草草终结。

迷糊之间，naga 在讲电话，再一看时钟，凌晨六点不到，听他口吻凝重，大概是医院有事找他。

现在我想问他：“还记得当时一起坐过救护车的病友吗？”医院为了节约成本，往往一辆车拉上顺路的一票人，浩浩荡荡，统一进发。接上机器后，比较热络的老油条多半取出透析特许食物（例如巧克力）拜托护士小姐挨个儿分发，大家统统忘记针尖正缓慢扎入手臂，皆陶醉于短短十几秒如此这般甜滋滋的快乐中，一排人，躺在白担架上，反倒像幼儿园午睡前的小朋友。

让 naga 回忆的话，他一定会说：“忘记啦。”

医院找他，是由于终于有了肾源。当年他高烧入院，昏迷不醒时，医生早已将各项数字录入，编号（或许会有个特别的号码吧？），按年龄和身体状况排队。排队是最残酷的事，因为一，不知这飘渺的宇宙中何人的身体一部分会与你有缘，二，等到八十岁，这人若仍尚未出现，您老的位置也不会在等待中变得靠前，机会要让给更有生命活性的年轻机体。最后一条，大家始终保持默契，没人打算主动提及——那就是——有得必有失，除非完全意义上的友情救助，大概，你得救则意味那个“有缘之人”已经挂掉了。

naga的身体参数，电话，以及其他种种在“欧洲肾源库”的data base里面，大概类似我那个专为做论文而创建的文件夹中的某一栏：“唐代—与僧人相关的医学知识—外来技术—眼科—白内障—唐诗中的史料—白居易（具体描述参照XX论文）”，诸如此类的吧，只要按照逻辑，便能搜到，但结局如何，谁理会？

录入后，一年有余，naga时时取出肾源库卡片，炫耀说：

“这是我第一张，但又最直白的名片。”一边还扇一扇，之后才嘿嘿笑着将它放进钱包的夹层里面，只此一张，绝不派送，长期暗号，但求有缘人。

其实还有一张啦，上书紧急求助电话以及主治医生的联络方式。呃，还有一张，留下好基友，也就是吾的手提号码，仅供参考。

除了这些，naga 何许人也？不知道！

六点，naga 接到电话，在床垫上摇摇晃晃站不稳，我没睡醒，没有精力像以往那样“嘿”一声跳过去，一边猛踩床垫，一边朗诵“大海波涛在晃动”，换得一张他的臭脸。

挂电话又过了片刻，naga 对我讲，喂，有可以换的肾了哎。

哇，这么早的电话，肯定是另外一个个体在夜间出了什么事吧，在这瞬间，我心里涌现出一些无谓的感伤，外面的天色还暗，这个小镇并未完全醒来。

现在要去医院？

嗯，保鲜问题。

之后呢？

可能要手术了吧。

忽然想起，小时候和我爸去菜场，人家会推荐说：“这鱼刚死，你看，腮那边仍红艳艳，和现杀的有什么分别，今晚蒸了肉还是活的，眼睛仍会突出，可价格便宜一半呢。”

这一走神，naga 已经穿得乱七八糟快要出门。

要不要带几件衣服？我压抑下某种奇怪的，毫无头绪的胸闷感。

又不是坐牢啦。

也对。

那么，按照习惯，我就不送你去医院了。

naga已在门外，但他又推门探入脑袋，“草，你什么时候打算送过！”

5,4

还有更吓人的景象。倘若你经常去黄昏时的菜市，便会对此习以为常了吧。可我仍没办法习惯，茶色混着红色的光线中，小贩加快宰杀速度，大鱼的脑袋被剁下来，却不知哪一根神经尤其坚强，使得鱼尾犹在摆动，鱼嘴仍一张一合，各自于两个塑料袋中挣扎不休。我坐在我爸自行车后座上，在将断未断的生命时间里，忽快忽慢穿行。

——以致，之后，每次走到庙前，我都会忍不住瞄一眼放生池求得安慰，偶尔阳光好，便能见到有鱼脊的隐现在水面一瞬而过，或是乌龟集体放风，伸长脑袋，一动不动晒太阳。放生池连着庙后的水潭，春夏之交的下午，恰逢周围无人，甚至会有一条悠闲的自菜市逃脱的鳝鱼，昂着头，绕游于水潭的边缘。

再转头，看向寺外的热闹人群，由于山中惬意，纷纷坐在搭好的茶棚下面饮茶闲聊，无知无觉便消磨掉一个下午。我也有幸混入他们，双脚搭住另张藤椅，午后的热力被枝叶阻了大半，只剩下恰到好处的那一部分，漫游浮走，自上到下将我熏得微微出汗，嗡嗡讲话声，纸牌落桌面的劈啪声，续茶时热水先急后缓的流动声，掰开石榴果皮微小的爆裂声，形形色色，拥拥攘攘汇聚进头颅，反倒让人暂且忘记慌张可怖的一切了。

当然，我还不着急告诉naga饮茶到爽时，我看到了什么，他自然也不会和我说手术中的细微感觉，其实他什么都不知道，全身麻醉时连记忆都丢了，不过大梦一场后，发觉自己摇身一变，化为蜘蛛人。

浑身上下插满管子，管子都不晓得连在哪里。

可能连到另一个时空去了吧。

有一条连到床下的尿盆哎。

我们仍旧嘻嘻哈哈，我破例陪他抽了一斗烟，他盯着我足足半分钟，我们同时哈哈大笑，白烟从鼻子，嘴巴和眼睛里喷出来，散得房间里面到处都是，我学德国人的手势，用左手食指勾住烟斗，学他缓缓的，深吸一口，火焰嘶嘶作响，狗屎一样的味道。

他却由衷感叹：有基友陪着吸烟，真是一种怪怪的，又非常奇妙的感觉。

你之前是有多孤单啊。

无聊到又一次忘记时间？

医生帮他把别人的肾装进身体靠近左下腹的位置，如果真的要给他起个新外号，大概应该叫做三肾道人。至于这种状态可以支持多久，仍旧是，只有鬼才会知道。新肾与他配合默契，他倒也不会梦见其原主人的前世种种，闲闲继续黑胖子的生涯。我自然不敢和他讲，那天他入院，作为基友，我接了医生的电话，对方用异常专业的语言向我解释有一种新药可以抑制排斥？加强活性？（反正我没听得太明白），问我是否同意病人一试。我相当不负责的满口答应。才做完这种烂事，naga 也打给我。

你怕不怕？

妈的，马上就要进手术室哎，我怕不怕很重要吗？讲点鼓舞人心的吧。

这……回来就可以吃火腿了。

我躺在藤椅上面，头顶是夏秋交际时那种很特别的阳光，好像一切都浸于浓郁的，美好的道别气氛中，闲来无事，我也像周围人一般，买了一只硕大的石榴，剥出把浅红种子，一次性放入口中，又噗噗把籽儿吐到地上，再喝半杯热茶，好不快活。这时，不远处的栗子树下面有人席地而坐，似乎是不知从哪儿来的闲僧，好多人于好奇驱使之下，围过去听他到底讲什么。

这个家伙穿了一身脏兮兮的黄袍，头发一颗一颗，像是顶了一堆螺蛳，倒是面庞宽阔明亮，神色自若。我又抓了把瓜子，也上前去，边嗑瓜子边听他演说。

“此处也算是有精舍有花园了哎。”

众人纷纷说，别卖关子，骗钱也要敬业。

接下来一篇宏论……没人听明白。

于是八千老百姓闲汉齐齐出声谴责：搞什么鬼！

而远处又传来隐约音乐，接地接地菠萝接地……

人群四散，该打牌打牌，该唠嗑唠嗑。

此时，倒是有个大汉走过来，他咬着馕饼道：

这位基友，你说，哪里才是世界的边界。

螺蛳头以极慢的速度抬头，答非所问：

这个问题嘛，以前有个叫赤马的家伙也问过我啊，他长得可帅了……

废话少讲。

我嗑瓜子嗑到嘴巴有点渴，跑回去喝口茶，晃回来时，两人却还在唠叨。

这位赤马小哥说，他唯一的特长是走路很快，有多快呢？你看那边，比阳光穿过那边的竹林还快，比你们心里面秒针走动的速度还快，比你旁边这位闲人嗑瓜子的速度还快……

囧。

他很想走到这世界的边界，便忽视时间，穿过最长的黑夜，最长的白天，最长的分秒，太怕耽搁，他甚至不睡觉，不吃饭，也不上厕所，可他走着走着就挂掉了哎，连边界的影子也没见到。

咬馕大汉啧一声。

于是我告诉他，呐，你没戏的，不如，现在就让我以一寻之身，说说这世界怎么生出来的。

我和那大汉皆觉得眼前这位真是有够神经病，说话毫无逻辑，铁定是出来骗钱的，搞不好讲着讲着就会从身上掏出个假古董开始兜售。我们不想再听下去，遂对视一眼，扭头便各向东西火速闪人。

走了几步，听那螺蛳头还兀自念叨不休，倒也是一句警世名言。

死也走不到的那种路上，总有好基友哦。

对吧，naga？

朝天宫

小 F 坐在櫺星门下面等人，身边的石头滑梯上是小朋友们蹭得光亮亮的两道屁股印。秋天周末的傍晚，穿过两个牌坊的人不多，不像平日里，过路的各色人等慌慌张张在红栅栏边上下车（那里立了一个牌子，上曰文武百官到此下马云云），过了栅栏，重新骑一小段，小摩托，自行车，三轮车，板车互相磕磕碰碰的，接着到了前面第二个牌坊处，大家又得下一次车，车后座的小孩便有机会再回头张望几眼浇糖稀的摊子。

两个牌坊分别上书：道贯古今，德配天地。小 F 觉得前一个很好，这条道确实有了好几百年，后一个嘛，据说曾经朝天宫是诸位官员学习朝见天子礼仪的地方，也说得通。小 F 就盯着稀稀疏疏的几个过路人，眼睛被不远处的万仞墙映得发红。一阵风吹过，凤阳树上飘下几片黄叶子。连练字的刘大年也收拾收拾东西打算回家了。

刘大年是众多书法爱好者中的一员，在家里练字觉得闷得慌，没人指导，没人欣赏叫好，整天对着几个拓本写啊写，一日老婆站身边瞧着，他心中得意着呢，毕竟妇道人家什么也不懂，让他多了几分优越感，结果把一帖傅山写得花里胡哨，心下恼火。没想到黄脸婆来了一句：

“写写写，你啊要吃饭啦？”（就是南京话里的“你要不要吃饭了”的意思）

刘大年每讲到这里都好像心里有种莫名的憋屈，他愤愤说：“老子听了，屌心都凉了，还写什么！”

于是干脆抱了一个红色小塑料桶，在朝天宫公厕接了水，拿着个马桶刷子站在两个牌坊中间练字，每个周末，只要无风无雨，按时报到。小 F 见他次数多了，也会上去搭个话打个招呼。

“又来了啊。”

“你也挺早的，小孩子要长高得多睡。”

“坐坐嘛。”

刘大年是喜欢有人夸的，如果有人同他讲，“哟，大年，你再写写就可以去隔壁荣宝斋分店买最好的熟宣洒金粉啦，不浪费的”，他就会微微笑下，然后装作高深的样子说，我就喜欢写个红星出的半生半熟。

当然也有煞风景的。“写楷书还是要写褚遂良。”

他则会答：“放你妈的屁，你以为老子连这个都不懂？你让老子拿一把只能刷出中锋的马桶刷写个屌！”

不过他对小 F 倒是一向有礼貌，表现出十足文化人的样子，经常递了刷子，撺掇小 F，

"写两个。"

小 F 也不客气，每次都横平竖直划几个大字，要么是"若有想，若无想，若非有想非无想"，要么是"何为其然也"，还有"国破山河在"。刘大年每次都说好话，一边说一边搓手，真心诚意："小姑娘气势是好的。"

小 F 心里想，"老子写得不好的字都在下一句，比如乌，春……"

刘大年收拾好东西，向小 F 摆摆手，就缓缓向红栅栏那里摇过去。到这个点回家，刚好可以吃晚饭。本来刘大年老婆颇有意见，觉得他周末也不陪陪孩子真说不过去，但旁人对她说："嫂子，我梗直和你讲一句，你家这位还是很恩正的，他要每天都吃好饭去朝天宫跳个交谊舞，乖，那就来斯了。"刘大年老婆想想，也颇有道理，作罢作罢。

小 F 在朝天宫等马叔叔，眼见刘大年的身影不见，马叔叔不知从哪个角落里闪出来了。他一边快步走来一边抱拳道歉，"久等久等。"这时候天色都暗了，旁边的昆剧院里面也唱起来了。昆剧院原先是江宁府学，进去就有个种着石榴树的小天井，夏日里蚊子颇多，小F那会儿远没现在热闹，刘大年去听过，马叔叔也请小F听过，三人都被唱得昏沉沉不愿再提，哪像现在，都是花花绿绿一群不着四六的年轻人过去凑热闹。

这样一来，倒是泾渭分明，听戏吃茶下棋的在昆剧院门口摆好桌子板凳悠然过一日，而练字磕嘴皮子卖古董的，都在这两道牌坊之间。马叔叔就是个卖古董的，更确切的说，他是个铲地皮的。江苏境内，还没有他没跑过的乡下。从八十年代末，他老马就跟着郊县的黑中巴四处乱转，混熟了，人家能让他那辆破旧二八大杠也有个座位。

那马叔叔怎么还没发财？据认识他的人说，这家伙存了不少钱，就是面上看不出来，整天还是穿着那件灰色印着暗花的地摊梦特娇，套个皱巴巴的西装裤，脚踩一双脏兮兮的黑皮鞋，一提裤脚，嘿嘿，一双洗黄了的白丝袜。胳肢窝里夹了一个公文包，每天鬼鬼祟祟的。包里都是用报纸包得严严实实的唐代玉舞人，战国璧，良渚玉琮。按他自己的话说，“那些都是晃眼睛的，你见过玉舞人开歌舞团唱昆曲的吗，不可能呀，十年见一次独舞就不得了了！”说着哗的扯开一个报纸，对小F讲：

“滚你X，你看这河南工还恶心啊，手臂舞得僵硬得和筷子一样。”

每到这时，他就会说说当年看到真品时的激动，“眼睛都直了，博物馆都没它好，好几万卖给台湾人啦，东西留不住。”说罢，惋惜的摇摇头。

小F相信马叔叔都和她说的是真话。老马逢人便说小F对他有恩，是个缘分。由头是某个周末，小F又坐在檑星门下放空，老马带着孩子匆匆路过，那孩子不知怎么的，突然惊了风，倒地抽搐不止，小F立刻下脚去看热闹，眼看小孩脸色发紫，众人叫救护车的叫救护车，支招的支招，小F怀里揣着古玩贩子给爸爸带的翁同龢藏墨，忙到荣宝斋借了方砚，用刘大年红桶里的厕所水化开了，捏着小孩的下巴灌了几口，没想真的渐渐缓过气来，吐了几口黄水，醒了。众人惊，小F也觉得险得很，不过以前墨做得好，里面混的那沉香，鹿血，麝香，朱砂不都是去恶风的么。

只不过那条翁氏藏烟算是开过了。老马拍了胸脯说再找一个一样的，小F只是用衣服下摆擦了擦，又对着光瞅了瞅，说，没事没事，我爸发现不了的。

马叔叔请小 F 吃红栅栏边的摊子，秋风起，卖凉粉的小陈改卖起馄饨来了。不过他还是凉粉做得最好，天气热时吃绿豆凉粉就图个清爽，小陈心细，刮凉粉的篾子眼钻得大小合适，轻轻往凝好的粉上蹭一蹭，粗细均匀。芝麻油是买的隔壁街梁记老板亲手晃出来的，醋也是丝毫不搀水的镇江米醋，榨菜老家腌制好了自己切，一粒粒鲜脆可口，就连辣椒也分剁辣椒和辣椒油两种，蒜泥切得极细，挨个给你搁在小碗里，糖盐虾皮小鱼干自取。小陈还买通了附近的管事，从路灯上引下根线，专门接了摇头小风扇，凉粉块用白纱布盖着，时不时淋点水，从坐下来到吃完，保证你觉得干干净净，舒舒服服。

这会儿小陈把桌子都摆好了，水也烧上了，拉了电灯，水汽扑扑向上冒，灯光下一清二楚。小 F 在长条板凳上移来移去，马叔叔掏出些花片镶件什么的一样样指给她看。哪个是和田料，那个是白岫玉，这个容易分辨的。花片仿制少，给小 F 这样的初学者当作标本最好。东西虽小，但工却丝毫不含糊。

老马说：“你看好了，这里是拉丝工。”

小F仔细瞧，看出那像个小楼梯，一层层的角度凌厉。老马往馄饨汤里搁了点白胡椒，拿小勺子晃晃，一口吸进去（汤是拿大骨熬的），继续掏出个连珠扔给她：

“用手摸摸看面上，扎得很吧。”

小F不禁频频点头，连珠里面刻了合和二仙，这两人哪儿都出现，不仅仅是花片，帽正，瓦子，牌子，全都有。有时候刻不下了，就用个半开的圆盒代替之（取音）。她把玉捏在手上，按了按，确实有刮到指头的感觉。

“操，你说这古代人做东西真精细，哪像现在，都软趴趴的。从前哪，连鸟笼环都做成绞丝的。”

小F之后倒真是从他手上看到一个明代绞丝环，生坑灰皮。小F拿在手里摸啊摸。

马叔叔一声大喝，“再摸灰皮都没了！”

小F吓得赶紧把东西放回去了。

两人吃完馄饨，又要了一个炸萝卜丝饼，一个五香蛋，吃得浑身热乎乎的。这时候小F赶紧掏出零钱。

“你还是看不起我啊！”马叔叔打了一个嗝儿。

小F嘿嘿笑，就把零钱又放回口袋里去了。

这小陈也笑起来了，他讲：“你们看起来，还真像师徒。”

有时候马叔叔会带上和他并不熟的小庄。小庄是一个白脸书生，在小陈的摊子上剥个茶叶蛋也是副慢吞吞的斯文样子。像老马这样四处游荡的古玩贩子，总会有几个怪朋友，完全不透露一丝底细的，经年也不现身几次。小庄不怎么开口，但马叔叔在他面前总带几分恭敬。按他自己的话说就是："我们野狐禅比不上家学渊源。"其实小庄到底做什么，马叔叔也不大晓得，只是看他不过二十多，眼睛倒厉害得很，不是家学很难解释得通。

他们说话时，小F就在旁边听着。天像块抖动着的黑布落下来，这时候，我们才能看到朝天宫红墙边的另外一个市集。

不知道打哪儿来的一伙人，穿着灰扑扑的裤子和旧棉袄，摆开摊子卖八百年前的缺页武侠小说，旧收音机，电视配件，遥控器，廉价电池，按下按钮就会闪闪亮的塑料玩具，乌拉哨子，杂七杂八缺人问津。不过他们像以此为乐似的，不仅仅是出售，相互间也交换交换。摊子们被笼在一片黑里，透过小陈这儿被蒸汽覆盖的一点亮光瞧他们的脸，也是模模糊糊，偶尔几个侧面，却是平和神色，仿佛他们只是一天工作结束了，吃完晚饭到广场坐坐的普通人。

马叔叔和小庄都认得这样的人，连看都不用看。他们也和这些人一起住过小旅馆，不是干净整洁的宾馆二人间，而是躲藏在老城区居民楼之中的简易旅社，四五个人一间房，房间是用薄木板子隔开的，床上的席子早被汗水浸出一层厚厚的包浆，到了冬天上面再加一层棉絮，如果睡前有幸吃到一碗巷子口卖的热腾腾的羊肉面，入梦倒也不算艰难。那里总是盘旋着头油，脚气和洗澡堂子的混合味，度夜资费五至十元。

所以马叔叔说，小庄跑来跑去，还能把自己收拾得那么体面，真不容易。小庄的头发总是不长不短，有几丝额发掉下来，让他显得有点忧愁，衣服袖子一向干净，外套里露出个蓝衬衫的领子，这样一比对，马叔叔看看自己，就有点不好意思了。

不过还有别的传言说，小庄好赌，把家里传下来的东西输完了，没别的本事，只好再出来凭眼睛吃饭。老马不信，他觉得小庄是个规矩的年轻人，“就和小 F 你一样，都是读书人。”

上中学的小 F 觉得自己完全不是读书人。不似小庄还写文章，包里总有一叠文稿什么的，见到有大学老师逛朝天宫，也不觉尴尬，上前拜托人家读一读。给不出意见也不要紧，他只是笑笑，又把稿子收回去了。

朝天宫的油子老板们都说小庄严谨来着。就连他难得一次喝醉酒也只当着不熟的老马与小 F 的面，也是这时候，天要黑不黑，要冷不冷的，他把小陈馄饨端到个拐角处坐下，就着一碗馄饨喝完一瓶泸州老窖。这酒算难得，是老马从原先厂子的库房里弄到的八十年代老瓶，做出来放了二十年，其实挥发得只剩半瓶，已是澄净微黄的液体，最后几滴在小陈仰脖子往嘴里倒的时候，紧紧抓着瓶壁不肯流出来。以后小 F 喝酒时，就也总看看酒是不是抓壁，以此来判断是否好酒。

小庄喝完，明显醉了，可仍然很斯文，他把馄饨碗放在几百年前就这么铺着的朝天宫青砖地上滚来滚去。老马有点愁苦，总想弄碗酸辣汤给他解解，而小 F 望向这个世界，憋住没叹出来的那口气从鼻子里漏出来了，哧一声满滑稽。

老马忍不住还是讲：小孩子叹什么鸟气。小庄抿嘴笑了笑，眼睛对着瓶口，像拿着枪瞄准似的哼了一句：“少年不得志也。”

王二毛是油子老板中和小F玩得最好的一个。如果你只听他的名字，会以为他是一个干瘦的小混混，事实上，他也算生得浓眉大眼，五大三粗，不过，少了几分南京大萝卜的憨直，总有点精明的意思从眼色和口音里飘出来，噢，他是上海人来着。小F兜里没钱，每次找他多半站在玻璃柜台前闲扯，那时候二毛店里有些好东西，老马也是他的供货人之一。紫檀的大笔筒，明代造像，汉砖砚，康熙青花香炉，年纪不大却是冰种飘蓝花的镯子都不算稀奇，小F曾见他过手金佛塔，打开暗格，一串柬埔寨沉香的绳子已经烂得差不多，珠子哒哒哒在柜台上滚来滚去，再摸一摸，是个镶了七宝的盒子，里面装着不知哪位高僧大德的舍利子。东西多，日子就过得滋润，二毛买了张榉木的长椅，小F站着，他躺着，手捧着冰鲜的白茶，加了颗绿橄榄，说这么喝最是养人。

店门口贴了两张红纸，左边那张写“敬请指教”，右边的倒是嚣张，“打眼之责自负”。

二毛闲来无事，在他淘换来的民国豆绿瓷盆里养了棵白菜，冬天里看得也清爽，等白菜叶子蔫了，他又在梗子那儿掏了几个洞，种上几头蒜，不久就抽出芽来，把盆子往店前的屋檐上一挂，惹得隔壁的绣眼唧唧直叫。小F觉得这种弄法满新奇，二毛拜托她写幅联子：

“闲来偏不种胡麻，却偷厨房三分雅。”

小F这才知道二毛其实是不识字的，只是这种歪句子一捉一大把。小F字写得方，但里面的结构也是松松散散，歪字配歪句，相得益彰。

周末的下午，他们多半就在这盆假水仙下面聊天打牌的。

坊间都传二毛坑朋友，东西对的，价格却高，东西不对，也照样出手。话是这么说没错，大家却仍和他关系不错，只因他始终一张笑脸，说话逗趣惹人开心，真要讲南京话也能十分地道。钱是要赚的。不过呢，假如你啥都不买，他也不会势利，只要进了他的店，大家都是朋友，开个保险柜给你看看精品，一切好说好说。小F到了，就央着他把所有好玩的小东西都拿出来给她摸一遍，再一个个摆回去，他也绝不摆架子不耐烦。

这样殷勤的人现在不多见了。

这天，王二毛收到一根红木管，小F瞧得有趣，洗干净后试着吹了吹，送气不到位，就是吹不响。王二毛仍窝在他那椅子上，半眯着眼，拍着腿说：“等开春我也弄只画眉挂挂，平常时间里也不会闲得慌。”

冬天里难得的晴天，外面摆地摊的不是聚一起在太阳下面打牌，就是吃着茶闲聊。真正淘东西的一早就来过了，到了下午，只剩下几个散客，脸熟而已，一般进了店，点点头，四下逡巡一番，就又绕出去了。

二毛放了盘唱经的磁带，又拿出他在老白那儿友情价买来的药香，点燃供在一尊鎏金观音前面，一边还拜拜，嘴里念念有词，“我们这些弄古董的，就是和死人抢东西，大天光的突然心慌，不拜说不过去。”说着拉小F过来，一起对着佛像作了几个揖，才又慢吞吞躺回去，好像已经老胳膊老腿似的，唉唉直叹。

刚躺下，老马带着小庄进来了。老马还夹着他的破公文包，小庄穿着件蓝袄子，脸色有点苍白。一进门，老马就说：

“今天给你看个好东西。”

说着从包里掏出一块方形事物，仍用报纸裹得严实极了，上头还绑了两根皮筋。小F不禁怦怦心跳，屏住呼吸就等揭开谜底。药香的烟幕起来了，大家被老马这么一弄，都有点严肃。拆开一看，是一方老旧青砖，二毛托在手上瞧了又瞧，这砖微微弯起有点弧度。半晌，二毛嗓子眼“嗡”了一声，道了一句：

“不错。”

小庄在后面补充说：“这是一方唐砖。”

二毛带了点微笑，把它凑到眼前看，讲：“对！”

随即又翻了个面，惊讶道：“哟，上面还刻了字。”

四个字在这砖上不大不小，不拥不挤，再好不过了。字刻得不错，尽量保留了原有的笔锋（帖子和碑刻有很大不同），笔画里还描了淡淡的银粉，把青绿色的砖头映得生动起来，二毛愣了一会儿，突然说，“这几个字我认得的，不是弘一法师的悲欣交集吗？只不过又不像那一幅。”

说话间，刘大年也来了，一进门就大声嚷嚷着：“给我看一眼给我看一眼。”

三人都觉得这是弘一的字，但不是最后绝笔的那一张。老马指着小庄说：“东西是他的，你们问他。”

小庄不愿多说，只道和尚去世前脑里一直思索着几个字来着，眼看身子快要支撑不住，回想过往，心里不知什么滋味，大概是仍未解脱，顿悟已不太可能。和尚想到自从脱离尘世，倒是抄了不少佛言精句，身外一切绚烂莫不过毒箭毒药，落笔时，却仍念着笔力要到，要圆润，要朴拙这些书写之道，可是法应当舍，何况非法，是还没想通吧。不过，到了这会儿，写这四字时脑里倒像抓住什么似的，可惜念头转顺即逝了，不喜不悲那是骗人的，只有写这四字是真的，对，不就是个悲欣交集么？他在废纸上写，平时对着空气写，在水波里写，在镜子的蒸气上写，最后一刻，仍在写。

最后一张那是气力用尽了。那之前的呢？小庄说："他不只是写了一张。"

"这字是谁刻的？"

"我。"

"砖头哪儿来的？"

"我家堂屋正中的压地砖。"

"那你的那张呢？"

"刻的时候什么都忘了，也没描，纸烂了。"

"都在想什么？"小 F 问。

"不就是悲欣交集么。"

转眼过了大年夜，初五那天，小雪，空气里有股掺了灰的冷味儿。小 F 早晨十点转到朝天宫，径直奔向王二毛的店。两道门间密密叠叠是各地人等摆的摊子，每逢过年便这样，大概已经成了传统。小 F 觉得自己骨头里都快长冰凌了，待到掀开二毛门口的厚布帘子，蹲到暖气灯前烤了好一会儿才回过神来。这时二毛开口打了个哈哈：

“一大早迎个小财神倒也不坏。”

小 F 说了几句吉利话，就坐定在柜台一角，喝茉莉花茶，拈着云片糕花生糖散子红枣一顿猛吃。快到十一点时，果然陆陆续续来人了。先是老马和小庄，小庄肩膀上粘了不知道从哪儿飘来的红色鞭炮碎片，老马看起来精神多了，大概是年前理了头发把耳朵露出来的缘故，不过乍一看，发型和小 F 的差不多。小 F 耳朵大，被冷风吹得通红，却仍招展着，老马瞧着有趣，上去扯了一把。

二毛若有所思，突然讲：“你们俩不会是碰到李推子了吧。”

李推子也是经常跑朝天宫的人物，那是好久之前的事了，那会儿小 F 还不在呢。他迷上的是瓷器，和其他人一样，老老实实从瓷片开始琢磨，一麻袋一麻袋往家拖，完了全部倒在干河沿平房的堂屋地上，片片用水淘洗干净，天晓得这些碎瓷片是从哪儿来的，不过李推子相信，虽说这天地那么大，瓷器那么多，但它们烧出来时便是完整的一件，哪怕打碎了也自有那一套存在，无论怎么样，总还是能拼凑起个“完全”的。所以，时日一长，他眼睛没变得多准，粘碎片倒成了一把好手。

直到有天，在千万个瓷片中，他看到了一点微微发蓝的青色。至于这是什么颜色，小 F 听这伙人吹得上天入地时从来都想象不出，青花罐子多了，隔壁绣眼笼子里卡着的鸟食盆还是青花的呢。这颜色从来不属于我们，离太远了，小 F 想，大概最接近的色调便是她刚学会骑脚踏车时，在周六上午一口气从城西骑到城东四方城，抬头望天所看到的天色了。

李推子便是被色彩所困，变得迷迷瞪瞪的。拿着那半片瓷器跑来找二毛。二毛瞅一眼，白瓷上趴着虫须长短的线条，又用手指弹了弹，听了听声音，连连摇头说：

“不好说不好说，线索太少了。”

可李推子眼睛紧紧盯着他，只是讲：

“我见过的瓷片很多，就它不一样。”

二毛叹口气，劝他：

“是在你家里黄灯泡下看的吧，你走出店门，到大太阳下面瞧瞧，搞不好就和其他的都一样了。”

“看过了。”

就算是，又如何呢？鬼知道瓷器碎成多少片了，其他的部分流落到哪儿去了。小F一想也对，遂颔首同意。不过大家说归这么说，李推子就不这么想了。

就在附近了。

他可以肯定。为什么这颜色就给他发现了呢？这也算缘分。好像在冥冥大水中找到最熟悉的那一滴。好像秘密接头的暗号。于是他自信满满回二毛：

就算这朝天宫埋到地底，碎成一摊遗址，他也能一块块砖拼起来。何况一个瓷器？

李推子后来有没有碰到这色彩的其他部分？小F没有再听说了。二毛他们对此缄口不提。只有一次，她问起小庄，对方嘻嘻一笑，指了指红墙边的人流说：

“你别看瓷片不会动，但也来来往往和他们一样，哪儿那么容易！我过手东西无数，有的壶少了盖子，有的梅瓶本是一对儿，只剩单个的，有对联上少了字，有镯子摔裂用银子再镶的，就是难有恰好被补全的，它们都在这门外面流动呢，谁又能说得准？”

小F顺着他的手指望去，一片阳光从门的顶端洒下，将过往匆匆行人笼在白色之内，让他们化为黑色的重重身影，从外面进来，又从里面出去，接踵不断的。她不由打了个哈欠，再也不想这事。

这李推子，小F没碰到过。无论有没有继续钻研瓷片，等大家再次注意到他，已是他从电视机厂下岗之后的事了。每到周末热闹了，他就骑了小三轮，载着脸盆，架子，一把木椅子和几块干净白布，在小陈馄饨旁边摆个理发摊子，不管男女老少，一律哗哗用推子打发了，保证您爽利。刮胡子也成，先和小陈借盆开水，就着一块力士肥皂在毛巾上打出泡沫，给你满腮涂上，刷刷刀风过后，顾客站起身来，摸到的下巴总光溜溜的，走几步，面颊上便隐隐飞起肥皂香。

他最受听戏下棋的老头子们欢迎。有时候来得早了，或对战等轮的间隙，都能去李推子的木椅子上坐着，修修面，敲敲背也是好的。偶尔棋局结束得突然，大家便招呼起来，“哎哟，怎么头发没理完啊，那就下一个，轮不到你啦！”

木椅子上的老头儿被李推子按着，动弹不得，居然也能急出一头汗，只能高喊着：“你们都别动，我就来了！”

一群人嘻嘻哈哈的调侃起来，“活该，我们接着厮杀，谁让你要老来俏……”

李推子这时就会把剃刀拿开，看老头蹦达一阵子，接着轻声细语的说：“别动了别动了，再急我心也慌了，把脸刮破了就不划算了啊。”

老头儿唉唉直叹：“等轮到我还不知道什么时候了，他妈的这群老杆子！”

剃头的人微微一笑：“棋局嘛，总有完了的时候。不忙。”

到了太阳落山，人也都散了，李推子就自己坐在椅子上，伸开腿，顺手把几块布上的碎头发抖落，再都叠好了。光线黯淡，小陈也快要把电灯拉上点起来了，旁边祖传秘方专治鸡眼的，穿了袍子假装西藏人拿狗骨头充虎骨的，浇糖稀捏泥人的，都也陆陆续续离场了。他倒是要再等等，等朝天宫保安放狼狗锁门，古玩贩子依次出来，他不起身，只是隔老远打声招呼，问问有没有新来什么东西。

大家知道他有点儿“迷”，也就好心好意回答：

“老东西难找了，瓷器更少，好久没铲到好货啦。”

他不追究，口里应着声，再歇上一小会儿，就把东西都搬上三轮，慢悠悠的骑远了。

李推子勤快，周末也不全在朝天宫，平日里更是跑整个南京城里找生意，神出鬼没的，老马在赛虹桥碰到过他，还有人说他有时会呆在丹凤街菜场东边那头，偶尔他的身影也出现于夫子庙花鸟市场周边。至于去没去过草场门，那就不得而知了。

王二毛这么一提，老马连连否认，辩解说自己为了过年，特别去店里面理了个好看的。小 F 倒有点怀疑，家附近的理发店人多排不上队，都是为了赶在年前有个新气象的，她去了桥下面的摊子，碰到的是一位中年人，话很少，拿着个推子。推子理发的特点就是：男男女女，只要您是短发，那保准推完了爽利，全都像一个模子里刻出来的。小 F 想起当时坐在椅子上，冬天的风从桥洞下面急匆匆的过去，和风一起的，还有下班的人流大军，理发师傅没抬眼，手也不抖，全副心神放在小 F 这颗脑袋上，专注至极，只是到最后笑说了一句：

“好了，就给五块钱吧。”

说话间，老白进了门，他带了几支自己捻的越南沉线香，往二毛店子最里面的菩萨跟前一插，连拜了几拜，嘿嘿笑着说：“王老板最精明，今天好日子，带着大家都发财啊。”二毛脸红了似的，说了声：“屁。”然后向外面张望了几眼：“奇怪，大家和管理处合请的狮子怎么没到啊。”

朝天宫管理处只由几个保安组成，上下午轮流晃悠，渐渐也熏陶出眼力，再加上他们管着狼狗呢，故而看上了什么东西，价格都不是问题，买卖做着，这帮古玩贩子还得笑眯眯敬根烟抽。小 F 见过其中一个戴了只白玉束腰的戒子，上面一道裂纹都没，一丁点儿棉都瞧不见，线条玲珑，边缘处沾了丝红沁，正宗明代东西。这会儿过年期间，天气又冷，还没见他们报到呢。

而朝天宫里里外外现在正是最热闹的时刻。卖鸟笼子的也来凑热闹，在墙的西边摆放了一长溜儿，从养八哥的大笼子，到金翅站的架子，一应俱全，就连蝈蝈笼子，蛐蛐葫芦都有。老白这么说着，然后颇撺掇的转过头，小F，咱们一起看看去？

二毛一手拦下，笑着讲："人家是看上你爸手里那点红土沉了，别理他个舌搭子，就嘴甜。"老白正是想用片速香加上柬埔寨沉香做一款新的线香出来，片速香便宜，长得快，味道比较清淡，而后者就不同了，浓郁悠长，两者掺在一起，价格不至于离谱，点起来正好，不会香得晕了。老白的心思被戳破，也就不好再说，站在旁边，却还不死心朝二毛嘟囔一句：

"没想到你这人闻了我的香，嘴还臭得和乌龟一样。"

慢慢的，几个熟客也来了，最后一个进门的是二毛的生意伙伴，他姓孙，不高，瘦，大冬天还剃着个小平头，眼睛黑漆漆的，是和小庄并列的美男子。

"要是我们还年轻，这头衔怎么落到他俩身上啊。"老马弹掉一根烟屁股。

"就是，成家早，被糟蹋了。"二毛也显得不甘心。

小孙一笑，从包里掏出一个朝冠耳的小琴炉，翻过来一看，是琴书侣款，又变出件鎏金怪兽铜水注，头上长角，尾巴幻化成火焰纹，整个铜色都发出艳艳的红来。众人不禁低呼一句：

“好文玩！”

“二毛，这瑞兽脚趾上缺了一小块，被我用点东西补好了，上了点朱砂铅粉，你看还行？”

小F才想起小孙平日里不露面，是二毛放他在家里细研各类修补法，要说他们俩凑一起染皮色或者做旧也不是不可能。抚顺过来的琥珀，丢土里埋一埋，再用药水一泡，微微加热，便成了刚从大内偷来上面有片片冰裂纹的朝珠；就算不乱弄，新崭崭和田把件，如童子或是福至心灵那种（蝙蝠趴两只菱角上），用手掌反复摩挲，再拿毛刷子刷刷，也可把脂份凑足。二毛搞这些，都是真才实料，你说不厚道？呸，现在原料得有多贵。

人家闭眼瞎卖青海料和俄罗斯白料，能充羊脂玉，用大刷子扫两下再抹点油犯法了么？

这么说来，小孙与二毛的搭配是文武双全，两人互为左膀右臂了。

眼见要到中午，雪停了，天色却更暗了，小F出去买了个烤山芋用来捂手，店里人多，热腾腾，有人剥了芦柑来吃，香得很。王二毛在等着什么人来似的，一直往门口张望，大家照旧吃茶闲聊，不一会儿脚底全是瓜子壳，桌子上好多烟屁股。又过了半晌，二毛说：

“哎，闲得慌，给大家看点好东西？”

众人就纷纷把脑袋凑到柜台上。二毛从保险柜里拿出一个锦布盒子，小孙闲闲微笑着，大概早就上手过好多次了。打开盒子一瞧，东西被卫生纸包得严严实实，小庄骂：

“寒酸，都和老马学的吧，用上厕所的纸包好东西。”

二毛把东西取出来，众人屏住呼吸，他反倒停了，故弄玄虚：

“我这叫小心谨慎，你见过人家怎么在天津偷东西的么？”

二毛去过一次天津的过年大市集，他说：

“有朝天宫三倍大，你们想想，那排场！”

那是在八十年代末的事，各地倒爷，各种家传之宝，翻了花样的河南仿冒品，熙熙攘攘摆满了好大的一块地界，看得人眼花缭乱，不分真假。当然也有乡巴佬土老冒，把祖上舍不得拿出来的东西也带了。站在那场子上，容易散神，方方面面是声音，是人影，是大小玩物，是身外之物。

二毛怀里揣着一个正阳绿的扳指，手捧一只康熙五子戏图的青花大罐子，他刚入这行没多久，希望卖个好价钱做本的。真是亦步亦趋，马虎不得。

在人堆里挤着，就看到出事儿了。偷东西！

偷什么？偷大桌子！

“大桌子也能偷啊！”小F惊叹。

那是，卖桌子的人也不知道哪里的，东西是好，桌子面是整一张的紫檀木，嵌螺钿，和田玉，小翡翠片，拼出不知是西厢记还是牡丹亭的什么场景。四个腿是黄杨木。工手好，也完整，应该是从老房子里直接拖来的。人家也晓得这大集市凶险，特地找了根绳子，一头拴桌子腿上，一头拴自己腿上，桌在人在！

“那还怎么偷啊！”

怎么不能偷？后面突然来一人蒙住眼睛，用侉子腔问：

“猜猜我是谁！”

卖桌子的也急了，无奈对方手劲真大，一双手掌扒在眼皮子上，动一动眼前直冒金星，疼得慌，他只能大叫：

“我不认识你啊。”

无奈啊，人声像潮水涌来，他的声音也就这么丢了。

不可能吧，乡里乡亲的，一出门做买卖就不认识了呀，不仗义。

王二毛说得口沫横飞。

“我偏要你猜猜我是谁！”

好，猜就猜吧。

“马二麻（第一声）子？”

“不对，您老记性不好了？”

“庄（第三声）大傻子？”

“对不起了您哟，又错了。”

这边正猜着呢，那边一群人已经把绳子套在大石头墩子上，快手快脚把桌子搬走了，六个壮汉，那么大个儿的桌子，搬得气喘吁吁，老远能看到他们头上的热气，但脚下丝毫不松劲，片刻便消失得无影无踪也。

对方这才松手：

“哎哟，老兄弟，看错人了，对不住了啊，老兄弟。”

施施然要走。那乡下佬回头一看，大桌变石头，着急要追，但怎么都挪不动，绳子捆死了呀。只能继续喊：

“你把桌子偷走了！”

“老兄弟，我哪只眼睛也没看到你有大桌子呀。”

二毛继续讲：

“马二麻子，庄大傻子，你们看到没？”

“敢情你是在剽我们！”

那两人恍然大悟。

王二毛这才缓缓打开外面包着那层，有年老的熟客喔哟了一声。东西拳头般大小，是个玉琮，地方玉，质地已熟透了，四方刻了兽面，孔里还留了灰皮，怎么看，都是大开门，对路子。

东西的主人不免得意：

“怎么样，良渚的。”

二毛不小气，就连小 F 也上了手，玉琮沉甸甸，阴凉凉，她赶紧又递到老马手里。这一秒，外面顷刻间锣鼓炸响，原来是舞狮子的人到了。

狮子在灰色的冬天里却显得尤其鲜亮，从云层里投下的光线，好似片刻未曾耽误，皆从那片红绿金色的鳞甲上直接反射入众人眼中，远远看着，他们像是从天上下来的。领头两只狮子上下窜动，旁边一队人吹吹打打，钹铙鼓铃全番上阵，从朝天宫正门进来，直拐到东边回廊卖怀表的老八店门口，再一家一家的转过来。

这朝天宫，从櫺星门到后面那道收门票的木门之间，其实是个庭院结构，两边回廊，中间新立了孔子像，除此之外，还散落着好几棵四季常绿的大雪松，对称两边离回廊不远的地界，搭了长篷子，有淘换铜钱，买卖翡翠，专收毛主席像章的流动摊位，也有常驻的，与小F相熟的是刻章的钟叔叔，倒杂项的张家，以及卖雨花石，珊瑚，假山和紫水晶的河南常家。回廊的屋子里头，盘踞着二毛这种老油条。而櫺星门之外，聚集了每逢周末或者过年才赶来的外地人。狮子不舞给外地人看，只有回廊里的出了钱，它们就直接一头扎进廊子里了。

廊子之中的房屋还保持着清代时重修以后的风貌，不过雕花的木头梁子有的快烂了，有的，像二毛店里的，被菩萨前的香火和烟气熏得漆黑。古玩贩子一家占据一间，颇有味道，有两间大屋子，足可算是厅堂，隔着中庭面对面，分别是玩瓷器的老何家和卖石头章料的福建李家。夏天时，他们把不知道哪个老房子里的石头鱼缸搬到正中央，养鲤鱼，栽案头莲，一阵大风，凉意逼人，刮得两幅竹片的文房对联叽啦响，甚为惬意。

早在年前，那联子便换成了：

“农事未休侵小雪，佛灯初上报黄昏。”

大家纷纷探头看那狮子，每家都给了赏钱。狮子到了跟前，其实闹得慌，乐器好大声，不知道什么时候，加了把唢呐进去，乐手鼓足了劲，吹出好几个花儿，估计平日里也没机会施展，又有小雪飘落，像是从雪松顶上震下来的。有的店点了灯，狮子的轮廓衬得模糊起来，突然显得很大，又猛得变为极小极远，小F被吹得晕头转向，之后想起来，好似在梦中。

终于，狮子到了二毛跟前，张大嘴巴，鼓起眼睛，摇头摆尾了一阵子。大伙起着哄，塞过去几个红包，这一趟它们也走得也差不多了，二毛的店靠在回廊末尾处，每年他都喜滋滋觉得财神转了一圈，积累的福气都到他家，这次也不例外，等他回过身，脸上还是笑的。

这一回身，不好。

良渚玉琮凭空失踪也。

保安平时吃了不少好处，很快就来了，二毛坐在躺椅上，面上说不出什么表情。只是讲：

“不用查了，偷东西的早跑啦，这里都是好朋友，没问题。唉，是我今天忘记拜菩萨了。”

原来他这玉琮早给人看上了，是个挑脚子的浙江人，东西不错，对方请了在博物院工作的朋友掌了眼，愣是看不出毛病。就是价格谈不拢，对方要诚心地板价，多年兄弟价，二毛嘴巴紧，死咬着说得给二百块。

如果在朝天宫里混久了，就会知道用来讲价格的单位非常含混，一毛钱有时是说十块钱，依此类推，一块就是一百。人家说这叫古玩行里的黑话。

小 F 算来算去，也不知二毛这玉琮卖得贵还是便宜，大概是搞错单位了，她想。

价格谈不拢，那也没关系，约好时间，给小偷一笔款子，帮忙把东西偷出来。总要比买的实惠。

“这帮开饭馆建浴场的浙江人！”老马恨恨骂着。

二毛仍然心事重重，勉强站起来手一挥：

“走走走，不做生意了，等我把门锁好，请大家吃皮肚面去。”

天色晦暗，一群人就这么晃晃荡荡走出去。外面的热闹丝毫没减退，常里不玩古董的市民们也趁着过年，一家三口起脚来到朝天宫，卖氢气球，转糖稀的摊子前面聚了好大一群人，那边推销小家电的用喇叭播着广告，更有卖蒸儿糕，糖藕和羊肉串的，就连放花灯的也来凑热闹，那是为了元宵节，哎，还早着了呢不是。

没能赶回家的打工仔围在市集另外一头的空地上，那儿有个露天卡拉OK的台子，正唱得热火朝天，不光台上的唱，台下人帮忙全体和声。在冬天里听起来暖得很，却又偏偏透出一丝悲壮凄凉的意味来。

二毛勾着小庄的肩膀，一边走一边还在地摊上扫两眼，老马忙着告诉小F哪些是精仿，哪些是低仿，这年头，眼见真货越来越少了，满地都是花花绿绿染了色的石头。小孙则先去皮肚面店占了桌子。

皮肚面是一对兄妹开的，原先是兄妹，后来就变成了夫妻。大家谈到这事，都会心一笑，话这世间，在外飘泊的兄妹，有几对真，有几对假？店就开在朝天宫前头的街上，原先只是卖面，后来做出名气，开始兼卖皮肚，另请了个厨师在后面的灶台煮面。老远就看到老板娘坐在门口把一袋袋皮肚扎好，人家都说他们家做的好吃，用葵花籽油炸出猪皮，能吸高汤，软又弹牙。老板娘坐在如山的皮肚里，对他们笑了一下。

这家的口气也颇大，门口挂了个粉笔写的牌子，曰：

三不卖。

讨价还价不卖。

短斤少两不卖。

质地不优不卖。

一伙儿人也饿了，再加上吃王二毛，人人点了大碗的，皮肚多放少点面，加腊肠片，加青菜，要香菜，多来点汤!

等面上来了，没人抬头，依次往碗里搁了辣椒油，白胡椒，醋，便大吃起来。小F喜欢和他们吃饭，可以心安理得用极大声吸溜面条。

吃得差不多了，王二毛突然停下来，念了一句：

“我也活该。”

“怎么讲？”

二毛大概是我们之中唯一一个在年前碰到过李推子的人，那时天刚冷起来，二毛跑了一趟龙王山的建筑工地，收了一只已被推土机铲扁了的金荷包，好事还在后面呢，他又在后面的土堆里拣了个玉琮。

偷着笑回家，发现东西没包好，一路小中巴开得快要飞起来，玉琮在包里不知道怎么的摔成三瓣儿了。于是二毛天天瞅李推子有没有来，在昆剧院前面转久了，连家传秘方都看不下去，问说：

“这位，我就是说你，这位先生，你是不是有难言之隐又不好说啦，我这里包治。”

二毛怒道：“老子好得很呢！”一句把人家打回去。

恰逢此时，李推子来了，连木椅子都没有来得及从小三轮上拖下来，就被二毛捉去喝酒了。

“这活儿小孙都做不了，李推子累得够呛，居然还是把那玉琮给粘起来了。也不知道他怎么弄的，就中途差我买了趟牛羊血生石灰，说这么粘表面不留胶皮，缝隙里面也没颗粒，就像天然的。”

“二毛你怎么哄得李推子乐意为你操劳这事啊？”

“我许他一个精仿的元青花。”

“妈的，你缺德。”

二毛辩解说：“告诉他是精仿的了，他没要。”

“后来我看他家里还是满地瓷片，就劝劝他，他说，精仿的不要，劝他的话收下了，算是谢礼吧。他年纪大了，眼睛花了，其实也玩不动了，说自己没悟性。”

你劝他什么啦？

我说啊，二毛喝了口面汤，却被里面的辣椒籽呛得一阵咳嗽，面色潮红，好久才缓过来，我就说啊，反正呢，大家都知道，玩这个，一辈子搭进去。

不过是过手如云烟，过眼即拥有。

鸟

忽然间刮了一阵大风，这是春天里很常见的事，被填了一嘴沙子的男生们仍在跑步，只不过有几个朝地上吐了唾沫。地是用煤灰铺的，弯道那里的线被踩得很模糊了。他白色球鞋浸染成莫名的灰色，脚掌能感觉到尖利摩擦，身体倾斜，却不至于跌倒。脚踝，小腿，膝盖，大腿，整个人……该怎么数步伐，只能瞧见操场转角几株夹竹桃已预备要开出一树粉色的花，将对着黑色土地倾放毒气。这样吐出来的大概会是肺或者心脏吧，于是他把嘴里粗粝的那些东西都咽下去了。

像隔壁菜场里的鸡。处理过的鸡赤裸裸一字排开，嘴张着，年前抹了盐，齐齐挂在窗外的竹竿上，随风飘动。喉咙被割开清理时，从嗉子里流出来一些像小石子的玩意。

这种念头一闪而过，对于无聊又辛苦的跑步来说，倒是有趣的消遣。大风渐渐变成小漩涡，多半到了半空就消失不见，煤灰失去支撑，又一次下雨一样落在他们头发里；还有一些也没越过杉树，就附在叶子上。此刻黄昏，太阳被云笼罩成灰黄，却映得杉树叶闪闪发亮像黑羽。

“嘿嘿，看招。”D君又把会向上喷出的水柱扫向他。

用这种压力式水龙头喝水真是烦死了。不知道学校哪来的经费置办那一套蒸馏水系统，舔舔嘴角的铁锈味，骗人的吧，明显是和冲厕所的水来自同一管道嘛。

D君仍源源不断把水弄到他身上。上一次，他们扭打起来，他猛一抬头，把写着“鸡爪槭”的牌子撞掉了，刮出一脸锈迹，对方把他按在树上力大无比似的要把他嵌进木头里，而他只得用头顶撞回去，脸颊相碰，他觉得D君胡须好扎，不像十四岁的自己，连头发都稀少发黄，额前微卷，没有气概。只得示出利齿，向D君鼻子攻击，对方咬回，乃至于突然松手，四目相对，风把湿衣服吹得更冷，贴在背上好像要脱去又没办法真的摆脱的一层皮。难道才过几天，这家伙就全忘了？这里抱怨也没用，反正全都忘记了，鼻子也不痛了。

一直到鸡爪槭的树干上黏了微小鸟蛋一样的虫茧，夹竹桃开得繁重，他掐下一朵，汁液里一股子苦味，随手就擦在自己肥大的校服上。然后，转眼是虫茧里爬出多刺毛虫的时节，夹竹桃已经谢了，学校正忙着锯树翻新操场，毛虫随枝桠碎片掉下来，在煤灰上缓缓蠕动，被他用石头砸死一条，又从角落里围过来无数。他还是没长高，校服下摆空荡得厉害，没气概，没强壮，笑起来没骨气。D君已成城墙堵在身后，一双手在他背上移动，说是要帮他打通穴道，却弄痒他，两人一起嘿嘿笑到抽。最后，用巨大死去树枝做的弓箭，他小心藏在施工砖后面，原是打算偷袭D君的石头屁股的，也随时间一齐消失也。

回家还不是得坐着爸的自行车吗？十四岁时他的父亲看起来还是开朗年轻人，只不过由于遗传的缘故，鬓角已白了（像故意染白了似的）。妹妹小F仍在乡间，电话来说，天太热了，茅坑里又生蛆啦。他回答曰，长刺爬虫也很讨厌，刺很硬哪。

“西瓜像行星，瓜田是太阳系。”

“讨厌照相机，喜欢军刀与模型。”

“车前草能止血，蚂蝗缩起来变成一个球。”

……

“阿婆买给我只小狗。起了和你一样的名字。”

就这样鬼扯到爸一条手臂伸来抢下电话，“好啦，快去读书，别又耽误你妹吃饭。”

怎么会耽误，她唯一不会忘记的就是吃饭了吧。一只小狗……他突然恨自己活在城里，于是嘟囔着不要读书不要读书。家里乌龟只会默默爬去躲在报纸下面，金鱼通过玻璃缸屡屡顺利直达西方极乐世界。花草在晚风里不开口，他又想拨给D君，不过不知道该说什么，似乎除了打打闹闹还有别的可分享，只不过两人都没寻得而已。

读书读到与作者一个样，岂非很可怕的事。爸每日筛选稿件，修正错字快要疯掉了吧，有时候把完成不了的工作带回家，教他和妈妈一起帮忙看。晚饭后，一堆稿纸摊在桌子上，用铅笔画一条线，延伸出每个字，然后取消一段话，用一个符号代替一个符号。这世界，一头扎下去，就再无法露出脑袋呼吸了，你要嘛变成字虫，要嘛在煤灰操场上突然缩小，被黑色碎片埋进去。

D君不会明白他的。这个只会用汗水脏手污染他衣服的家伙是多么单纯啊，今天照相就站他旁边，一瞬间，接下来，他们就会分别了。

“高中会换个学校吧。”D君如是说。

“在哪里？”

“国外，第一个告诉你的，因为没有确定，所以先别说出去，否则多丢人，不过据说那里美女超多！”“好的。”很想问爸一句，有没有死党，在你更年轻时，与你厮打斗狠又情同手足，偶尔互咬嘴上死皮。

“哈，马上就要破了。”

“已经破了，和蒸馏水一样，都带着股锈味。”

“尝到了？”

“嗯，是。”

苦恼是瞬间事，电话没打，这个问题自然没问，睡着就抛到脑后。夜里听到床底响动，趴下打了电筒看，原又是乌龟默默爬。好想要一条狗，这念头一起，D君就飞到九霄云外去。

坐在爸的自行车后面，不似偶尔搭D君的车，爸的背稳而温柔，而D的扭来扭去，大概是要炫技的，会这样大叫：喂，抓好抓好，我要双手脱把啦！

笨蛋哪，我又看不到，有什么值得炫耀的。不过能听到你的狂笑而已。因为这样，倒是没办法观察街边的景致。

坐爸的车，眼睛才得闲有用武之地。头顶太阳从杉树里滚落而下，在眼眶里转来转去，变成莫名的气泡眼泪，很快蒸腾掉了。路过菜场时最为惊险，鸡鸭慌慌张张，肉铺红艳艳一片，鱼虾在狭小水域里翻动好难受！他盯着这一切，到了花鸟市场，植物动物也不能舒展，被买回家，或许才是解放啊。货郎是挑着担子窜去的，竹竿好几次快戳到他肩膀，都被他施展神功（与D一起钻研出的）躲开。

这一幕，到他驮着自己小孩的那天，会不会改变？又或者，像D君那样，载着哪一个……真是想远了，一年以后他摔断腿，更没机会学会骑车。

这个午后，他睡过头。一直睡到下午，还是被尿憋醒的。多亏爸妈不在家，否则就得被直拽下床，爸恨不得把他的懒筋抽出来鞭打他一顿。他穿着白棉布短衫短裤，一双瘦腿晃晃荡荡。厕所是公用的，冲水后未进门，就听见电话铃在未消失的水声中好失真。一般不会有人找他。

看了一会儿诡异的色情武侠。

“少女赤裸睡在龙王的大床上，后来就被杀死了。”（向古龙叔叔致敬。）

他摇摇脑袋，厨房里没吃食，干净且空荡，鱼缸里一层薄灰。他向上看天花板，叫了两声，自然没有人应。淡淡油味飘散，一碗大碗豆浆已经放凉了，初夏，树上的知了胆怯齐鸣，好几个破音。他又“噢”一声蹿到客厅，看见桌子上摆零钞，大概是让他自己解决午饭吧。

等他晃下楼，白日的那些热气正汇聚形成一天中最使人窒息的时刻。他走过菜场，酱缸里的盐卤味把街道都笼罩住。

街口经常与D君一起吃的羊肉串摊还没摆出来，地上散乱的落了些竹签。这景象又和坐在爸自行车后座时不同。一切都缓慢。没了爸在前面絮叨，“啊，这里就是关过周作人的老虎桥监狱。”

“要不要吃腰花呢？是教你妈妈做凉拌还是我爆炒？”

永无止境，随着眼睛所见的一起铺展看，像小F说的那条屋后河。晚上流动，白天像静止了；冬天结冰，便又觉得它在流动。不知D君以后是不是会变成爸那样的人，白衬衫被汗渍得有些黄了，就耐心用漂白粉让它重回原色——可是那黄色总是隐约显现，背上的肌肉抽动着，是用力载着他。

“喂喂，请让一让。”这是自行车铃坏掉之后的人肉警报。

“你坐稳一点，我要加速了。”

“目标，宇宙尽头。”

就这么想着，他走到花鸟市场。小猫小狗都在笼子里挤作一堆。有一只抬头望他，嘴巴抿成X字，眼睛好闪亮，可惜没办法带回家啊。

花鸟集市，对他来说，是另一个世界。这些活物让他在心底添了层敬畏，哪怕开口问价都觉得胆怯。最后，摸了摸含羞草的叶子，可那叶子因为热气丧失原本的灵敏，根本不会合起来了。集市里没什么人，摊主们多数摆了长躺椅盖了条脏毛巾假寐，还有的索性坐在地上打牌下棋。每次路过这里，他都求爸买只小鼠或是小鸟送他，好像也问过 D 君。

他们的回答是一样的："要是养死了，你会伤心的吧。"

神奇的卖鸟人总在集市的另一端，快要尽头时，就看见无数鸟笼堆砌的楼房。画眉、绣眼、金翅、白头翁……超大的鹦鹉呆呆住在属于它们的小格子里。不能叫也不能飞舞的话，那只能靠吃打发时间，各种谷类的壳落了一地，旁边筐子里放满吊死鬼的蛹，这是喂画眉的。

马上 D 就要走了。

抱了这个念头，他靠近楼房。卖鸟人自顾自逗弄着一只雀儿。训练得不错，它已经会飞起来啄食指捏着的小米了。就因为这点，它和卖鸟人看起来格外亲昵。过了好一会儿，那人才像刚发现他似的问道：

“买鸟？”

“随便看看，是什么价钱？”他学爸口气沉沉。

“哪一只？”

“你手上这一只。”

“十五。”

这一只脚上扣了线，没办法飞走，只是展展翅膀，然后歪头看他。这和他在以前于十五秒内就擦肩而过的动物们不一样，眼神碰在一起，又分开，而不仅是匆匆闪过的一瞬。

他曾发梦一则：他与小F以及D君一起到乡下，天气炎热，三人跋涉过一片芦苇地，来到与城里相似的一个动植物集市，人人都戴了面具，兔子笼堆得几层楼一般高，众兔子眼神定定，齐齐望向他，小F大哭起来，而D则是慌神走来走去。世界突然摇摇晃晃，天边处晚霞要落下，好似一条火舌。渐渐，大家发现自己是被关在笼子里，被提着不知走向哪儿。

身上带的钱不够，他把脖子上那块小玉牌取下去一并交给卖鸟人，才换得雀儿与小树枝。他拿近了瞧，鸟的眼睛像一枚细小的黑纽扣，看不见瞳孔的，眼圈那里带出点机灵与俏皮，嘴部一层嫩壳还没剥落，翅膀那儿的绒毛也未褪去。

酱缸味儿扩散得越来越大，他平举树枝，快步走回家，嘴里还学着自行车铃铛叮呤叮呤。鸟儿在枝子上的每次跳动都传到手心里，催化着从指尖到耳后的一阵酸涩感。糖蒜、辣白菜、咸青菜轮番于胃中滚动。奇异的，孤单的感觉。

“你会和我做朋友吧。”他对鸟耳语。

上楼时又听见电话铃，他不确定是不是从自己家里传来的。楼梯里只剩模糊的回声，无人下楼时遇见他，他打开门，欢迎新客人。

“请便啦，这是我的房间。”（连 D 君也未曾来过的。）

他把树枝压在一本厚书下，让鸟可以站在书桌边，桌脚那儿垫了块手帕处理鸟粪。不知道爸妈什么时候回来，要怎么与他们说呢？他正犹豫着，这次电话是真响了。

“喂，你下午都在哪儿啊！”是 D 君。“我是来道别的。”

“确定了吗？”

“是啊。”

“美女是不是的确很多？”

“不知道啊，反正是要走了。”

“那就先说再见了。”

挂了电话，才发现天色已经暗了，平地刮起一股旋风，吹得胸腔和窗户都在砰砰直响。他便又转头去，望向鸟儿。此时拿小米逗弄它也无用，它吃饱了。手帕已经弄脏了。最后的一些光线投射在墙上的海报中，他坐在床边，垂头不知该想什么好。

他是想有一天，这鸟儿能在他用力蹬车时站在他肩膀上的，十四岁的他因为这个念头出了层薄汗。等到天光大亮，我们一起出游吧，他喃喃说。又明知不可能，总归会被线拴住脚，没了自由。他开始找剪刀想把鸟腿上的那根绳子弄掉，却到处搜不得。

慢慢把结解开吧，在爸妈回来前，当这些都没发生。

他感到一阵无奈的愤怒，鸟看他接近，往后躲了躲，却被他温柔握住。

“不要动。”

纽扣般的细眼毫无痛感，他解绳解得烦躁，不小心拇指用力，末尾的那一瞬光线就这么淹没在了微弱的鸣叫中。

像梦境一般，空中传来尖锐的哨声，夜晚正式的、沉沉的降落，他处理一段未知之友谊，如正在消失中的一段生命气息。夜晚的嘶鸣永不停止，他在煤渣弯道处听见鞋底与地面的摩擦，也一齐混入其中，嘴里的那股子锈味，好像从未散去一般。

图书在版编目（CIP）数据

东课楼经变/ 费滢著. -- 上海 : 上海文艺出版社,2020

ISBN 978-7-5321-7197-2

Ⅰ.①东… Ⅱ.①费… Ⅲ.①中篇小说－小说集－中国－当代

②短篇小说－小说集－中国－当代 Ⅳ.①I247.7

中国版本图书馆CIP数据核字(2019)第100102号

发 行 人：陈 徵

出 品 人：肖海鸥

责任编辑：刘志凌

装帧设计：陆智昌

内文排版：常 亭

书 名：东课楼经变

作 者：费 滢

出 版：上海世纪出版集团 上海文艺出版社

地 址：上海绍兴路7号 200020

发 行：上海文艺出版社发行中心发行

上海市绍兴路50号 200020 www.ewen.co

印 刷：上海盛通时代印刷有限公司

开 本：889×1194 1/32

印 张：8.75

插 页：5

字 数：135,000

印 次：2020年1月第1版 2020年1月第1次印刷

I S B N：978-7-5321-7197-2/I.5739

定 价：65.00元

告 读 者：如发现本书有质量问题请与印刷厂质量科联系 T: 021-37910000